HEINZ HONIES

Ideen können nicht erschossen werden...

BREITSCHOPF

CIP-Titelaufnahme der Deutschen Bibliothek

Honies, Heinz:
Ideen können nicht erschossen werden . . . / Heinz Honies. –
Wien ; Stuttgart : Breitschopf, 1988
ISBN 3-7004-1167-7

Einband: Mathias Gusmann

ISBN 3-7004-1167-7

Inhalt

3. März 1848
Die ersten Aufstände

Die Kälte liegt wie eine Decke über der Stadt. Der dreizehnjährige Moritz Michael Kuppelwieser ist der Erschöpfung nahe. Sein Atem dampft, der Schweiß rinnt ihm als kalter Bach den Rücken hinab. Ein schneidender Wind pfeift durch den zerschlissenen Rock und sticht auf der Haut wie tausend Nadeln. Mit schon nicht mehr spürbaren Zehen tappt er schweren Schritts über die Eisplatten, wohl bedacht, nicht das Gleichgewicht zu verlieren, was mit der schweren Last der Ziegelsteine auf seiner Schulter nicht einfach ist.

Seit neun Stunden ist er unterwegs. Von der Baugrube einen schmalen ausgetretenen Pfad entlang zu jener Stelle, wo die Pferdefuhrwerke bereits warten. Dort lädt ihm einer der Kutscher fünf schwere Ziegel auf die Schulter, und er macht sich wieder auf den Rückweg.

Moritz kennt diesen mit Schneematsch und Eisbrocken gesäumten Weg schon auswendig. Seine ausgelatschten Schuhe finden schon blind die richtigen Stellen, so wankt er dahin, den Kopf tief eingegraben in dem dünnen Überrock mit ausgefranstem Kragen, den Blick kaum erhoben.

Ab und zu kommt ihm eine ähnliche ausgemergelte, schwer atmende Gestalt entgegen, die sich ebenso mühsam mit ihrer Last gegen den Wind stemmt. Eine graue Kolonne langsam dahinschlurfender Kinder von zwölf bis fünfzehn Jahren, denen Lachen fremd scheint und denen Frohsinn abhanden gekommen ist.

Moritz jedenfalls ist froh, diese Arbeit gefunden zu haben. Acht Kreuzer pro Tag zahlt der Bauherr für diese Plackerei. Ein Betrag, der nicht einmal ausreicht, sich zwei Tage lang zu ernähren.

Aber im Februar 1848 fragt niemand lange danach, wieviel der Lohn ausmacht. Man ist froh, überhaupt Arbeit zu haben am Beginn eines Jahres, von dem man nicht weiß, was es bringen wird.

„Halt durch", flüstert Moritz vor sich hin, denn noch hat er mindestens drei Stunden vor sich, in denen er alle Kraft seiner 13 Jahre benötigt.

Er ist im Moment der einzige seiner siebenköpfigen Familie, der Geld nach Hause im Wiener Vorort Ottakring bringt. Die Mutter, die sich kärgliche Kreuzer mit dem Reisigsammeln verdient hat, liegt wieder einmal mit hohem Fieber und schwerem Husten darnieder.

Der Vater hat einige Zeit lang als Tintenverkäufer gearbeitet, ist jedoch jetzt auf Sauftour und läßt sich seit ein paar Tagen nicht mehr in der Hütte am Alserbach blicken. Zurück bleiben die Schwestern Kathi und Annerl, vier und drei Jahre alt, und die Brüder Franz und Karl, die mit ihren neun und elf Jahren versuchen, den Haushalt so gut wie möglich zu führen.

Inflation — ein Wort, mit dem Moritz nicht allzuviel anfangen kann — herrscht im Land und legt sich wie eine dicke, bleierne Wolke über die Stimmung der Bürger und Arbeiter. Moritz weiß nur, daß die Leute mit den seidenen Fräcken und spitzen Schuhen die Banken in der Innenstadt belagern und daß die feinen Pinkel für eine Zigarre fünf Gulden auf den Tisch der Tabakläden legen. Ein Betrag, den er noch nie auf einmal in der Hand gehabt hat.

„Damit könnte man eine ganze Menge anfangen", sinniert Moritz vor sich hin, als plötzlich vor ihm eine der mageren Gestalten ins Torkeln kommt und mit einem leisen Ächzen zu Boden geht.

Als er das dunkle Bündel im weißen Schnee vor sich liegen sieht, weiß er sofort, wen er vor sich hat. Friedl, einer der zwölfjährigen Knaben, mit einer Haut so durchscheinend wie Eis und einem ewigen Schniefen, liegt schwer atmend vor ihm und ist nicht imstande, sich zu erheben.

„Steh auf", krächzt Moritz und versucht so gut es geht, dem schwächlichen Kameraden trotz seiner eigenen Last wieder auf die Beine zu helfen. Was zur Folge hat, daß seine eigenen Steine polternd zu Boden rumpeln.

Noch während er sich bemüht, Friedl aufzurichten, steht plötzlich eine grobschlächtige Gestalt hinter den beiden. Xaver Maier, einer der Vorarbeiter, gut zwei Meter groß und mit Fäusten wie Eimer, hat den Vorfall beobachtet und brüllt gleich los: „Auf, ihr Faulenzer. Die Kirch'n soll noch in diesem Jahrhundert fertig werden!"

Moritz — wegen dieser Grobheit sprachlos — kann nur tatenlos zusehen, wie Xaver an dem wimmernden Friedl zerrt, als wolle er ihm einen Arm ausreißen.

„Aber, aber", stammelt er „seh'n S' denn nicht, daß er nicht mehr kann", versucht er, den Tobenden zu beruhigen. Was den Vorarbeiter noch mehr zu erzürnen scheint, denn er läßt nicht ab, den armen Friedl hochzuzerren, dessen Beine trotz dieser brutalen Versuche immer wieder wegknicken.

„Nichts da, gearbeitet wird, sonst könnt ihr gleich eure Sachen packen", eifert Xaver, und über seiner zornesroten Stirn schwillt eine Ader an.

Mittlerweile hat sich um das Trio eine Traube vermummter Gestalten versammelt, die einerseits mit

Entsetzen beobachtet, was sich hier abspielt, andrerseits für diese kleine Atempause dankbar ist.

Plötzlich bricht durch diese Mauer des Schweigens ein Mann, der den Vorarbeiter an der Schulter zurückreißt und ihn mit den Worten „Zurück, du Leuteschinder" in den Schnee wirft. Behende wischt er dem noch immer benommenen Friedl über das Gesicht und flüstert ihm ein paar aufmunternde Worte ins Ohr. Der lächelt mühsam, kommt auf die Beine und versucht, die zu Boden gefallenen Ziegelsteine wieder auf die Schulter zu packen.

Der Vorarbeiter hat sich inzwischen mühsam aus dem Schnee aufgerappelt und steht nun mit gespreizten Beinen und in die Hüften gestemmten Armen vor dem hilfreichen Samariter: „Ah, du bist des, du Maurergesell, du aufmüpfiger. Mich gehst du an? Das wirst du teuer zahl'n."

Damit greift er nach einem im Schnee liegenden Rundeisen und geht mit Schaum vor dem Mund auf den ruhig dastehenden Maurer Johann Wagner zu.

***

Der kleine Kanonenofen in der Redaktionsstube des „Wiener Tagblatt" auf der Stubenbastei blubbert vor sich hin und verbreitet eine angenehme Wärme, vorausgesetzt, daß man sich nicht zu weit von ihm entfernt. Der Raum, den man von der Straße aus betritt, ist vollgerammelt mit Setzkästen, bedrucktem Papier und allerlei persönlichen Utensilien des anwesenden Redakteurs.

Ottokar Sulzer, 28 Jahre alt, haucht sich in die klammen Finger, als er über eine montierte Seite gebeugt die letzten Bleilettern korrigiert. Seit zwei Jahren ist er nach einem abgebrochenen Jusstudium Journalist. Ein Beruf, der ihm mehr und mehr Spaß macht, obwohl er oft genug Schwierigkeiten bringt und sein Stand im Wien des Vormärz nicht als besonders angesehen gilt.

Als er gerade einen Abzug der fertigen Seite nimmt, öffnet sich die Tür, und sein Chef, der in der Öffentlichkeit gut bekannte Schriftleiter Hans Georg Funder, poltert in die Stube. Kaum hat Sulzer gegrüßt, prustet der wohlbeleibte Chef, der sogar beim Schreiben in Atemnot kommt, los: „Sauwetter, grausliches. Na, so eine Kälte hat's ja nicht einmal im fünfzehner Jahr geben."

Das „fünfzehner Jahr" ist eine stehende Redewendung von ihm, und Sulzer ist bis heute nicht darauf gekommen, warum sein Chef gerade dieses Jahr für seine allzu unpassenden Vergleiche erkoren hat. Vielleicht weil es das Jahr des Wiener Kongresses gewesen ist und der beleibte Journalist hier zum letzten Mal sein Tanzbein geschwungen hat.

Sulzer murmelt nur etwas Unverständliches auf die Rede seines Vorgesetzten, der bereits hinter ihn tritt, um die fertige Zeitungsseite zu begutachten.

„Na, was haben wir denn heute drin an Scheußlichkeiten dieser unruhigen Zeit", fragt er und steckt sich seinen Kneifer an, ohne den ein Lesen für ihn unmöglich ist.

„Ich hab' den ‚Zigarrenrummel' in Italien nach vorne genommen, denn das scheint mir doch das Wichtigste zu sein", versucht Sulzer seinen Chef schon im vorhinein zu beruhigen. Denn der gute Schriftleiter ist ein echter Wiener, und seinen Leitsatz ‚Nur keine Wellen' empfindet Sulzer gerade für das Machen einer Zeitung denkbar ungeeignet. Zudem ist Schriftleiter Hans Georg Funder ein treuer Anhänger des Kaiserhauses, eine Einstellung, die er auch gerne des langen und breiten in seinen Leitartikeln der Öffentlichkeit mitteilt.

„Was bedeutet Zigarrenrummel?“ brummt er unbehaglich und blickt Sulzer fragend durch den Kneifer an.

„Daß die Italiener keine Freunde der Österreicher sind, dürft’ Ihnen doch bekannt sein. Jetzt haben sie in Mailand, Padua und Brescia die Parole ausgegeben, keine Tabakwaren zu kaufen, da die ja aus der k.u.k. Tabac-Fabrication stammen. Damit wollen sie gegen die Herrschaft in Lombardo-Venetien protestieren. Natürlich ist es zu Ausschreitungen gekommen, und das Militär mußte eingreifen. Es soll auch schon Tote und Verletzte gegeben haben.“

„Na lassen S’ mich einmal lesen“, murrt Funder und zieht sich mit der Seite zum wärmenden Ofen zurück, wo er im Winter seinen Lehnstuhl stehen hat. Genüßlich eine Virginia aus seinem Zigarrenetui hervorkramend, läßt er sich ächzend nieder, und Sulzer weiß bereits, was auf ihn zukommen wird, und stellt sich bereits seelisch darauf ein.

„Na, also nein und noch einmal nein, lieber Herr Redakteur“, empört sich Funder, an seiner Virgina nuckelnd, bereits nach kurzer Zeit. „Sowas können Sie in meinem Blatt nicht veröffentlichen. Das ist ja der reinste Aufruf zum Aufruhr, den Sie da verfaßt haben. So was hat’s ja nicht einmal im fünfzehner Jahr gegeben. Das, das . . . ist ja ein Wahnsinn. Woll’n Sie mich der Zensur des Herrn Metternich ausliefern. Woll’n Sie mich ruinieren, Herr!!!“

In diesem Moment springt Funder auf. Die Knöpfe seiner damastenen Weste scheinen abzureißen, und auch die goldene Kette seiner Taschenuhr ist gespannt wie ein straffes Seil.

„Das müssen Sie komplett, aber komplett umschreiben. Sonst können wir zusperren."

Sulzer hat diese Reaktion erwartet, und ruhig und gedämpft fragt er nur: „Warum eigentlich?"

Funder ist ob dieser ihm scheinenden Unverfrorenheit einige Augenblicke sprachlos und blickt nur mit aufgerissenen Augen auf den jungen Mann mit den Ärmelschonern vor ihm. Bevor er jedoch wieder zu einem Wutausbruch ansetzen kann, schneidet ihm dieser kalt das Wort ab: „Wissen Sie nicht, was los ist, Herr Funder? Die Wechselbank der Banknoten wurde gestern fast gestürmt, und anstatt der üblichen zwei mußte man zehn Kassen öffnen. Das Gold ist so teuer, daß der Dukaten mit fünf Gulden und zwölf Kreuzern bezahlt werden muß. Ein Industriearbeiter verdient 50 Kreuzer am Tag, ein Handwerksgeselle 18. Dabei ist das Fleisch wiederum um zwei Kreuzer teurer geworden, und die Leute haben kein Geld, um sich Nahrung oder Kleidung zu kaufen. Bei den kleinen Bürgern macht sich Unruhe bemerkbar, bei den Arbeitern ist es schon zu Raufhändeln auf offener Straße gekommen. Es gärt in Wien und im gesamten Kaiserreich, Herr Funder. Ist Ihnen das schon aufgefallen?"

Sulzers Stimme ist im Verlauf dieser Diskussion immer lauter geworden, den letzten Satz hat er geradezu herausgeschrien.

Funders Augen sind zu kleinen Schlitzen geworden, die nun bösartig blitzen. „Sie sind ja ein Revoluzzer, Herr. Was heißt denn das. Sowas hat's ja nicht einmal im fünfzehner Jahr gegeben. Ich weiß, daß wir harte Zeiten haben, das brauchen Sie mir nicht zu erklären. Aber unser Kaiserhaus und der Herr Staatskanzler arbeiten Tag und Nacht daran, die Situation zu entschärfen. Und das geht nur, wenn wir alle zusammenhalten und an einem Strick ziehen. Und nicht noch dazu aufwieglerische Artikel verfassen, die die Leute noch blöder machen, als sie schon sind!"

Sulzer ist nahezu am Ende seiner Nervenkraft.

„Was heißt hier aufwiegeln. Ich hab' die Wahrheit geschrieben, das wissen Sie genausogut wie ich."

Funder, geradezu milde: „Die Wahrheit, lieber Sulzer, ist das, was der Zensur seiner Exzellenz Metternich immer zum Opfer fällt. Soll ich denn mit lauter leeren Seiten auf die Straße gehn?"

„Sie wollen also nicht, daß das Volk darüber aufgeklärt wird, was sich wirklich abspielt. Vor der Tür, auf den Straßen, im ganzen Reich? Sie wollen tatsächlich diesen Schmus, den man Ihnen täglich in der Staatskanzlei erzählt, als die Wahrheit verkaufen?"

Sulzer ist fassungslos und erschüttert.

Funder zieht eine neue Zigarre aus der Tasche und sucht nachdenklich nach Zündhölzern: „Die Wahrheit wiegelt das Volk bloß auf, mein Herr, und die Hoffnung auf Besserung vermittelt ihm nur blöde Träume."

Innerlich bebend vor Zorn nach diesen letzten Worten, legt Sulzer wortlos seine Schürze und seine Ärmelschoner ab und flüstert: „Ist das wirklich Ihre Meinung? Dann müssen Sie in Zukunft ohne mich auskommen."

Damit nimmt er seinen Überzieher und geht zur Tür.

Mit einem blitzschnellen Sprung, den man dem Dicken gar nicht zutraut, ist Funder an der Tür und gibt sich plötzlich versöhnlich und begütigend:

„Na, na, nicht so hastig, junger Mann. So hab' ich's ja auch wieder nicht gemeint."

Denn er weiß nur zu gut, was er an Sulzer hat und daß es in diesen schweren Zeiten nicht so einfach ist, einen guten Journalisten zu finden.

„Wir werden in dieser Frage schon zusammenkommen, da bin ich sicher. Ich les' mir die G'schicht noch einmal in Ruhe durch, und Sie schauen einstweilen zur Tabakfabrik nach Ottakring, da soll's einen Wirbel geben. Und wenn Sie zurück sind, reden wir wieder. Einverstanden?"

Sulzer ist einen Moment lang unschlüssig, ob er nachgeben soll, dann aber siegt seine Gutmütigkeit. „Na gut, ich mach' einen Sprung hin. Aber wenn ich zurück bin, reden wir weiter."

„Sicher, sicher, guter Freund", murmelt Funder und schiebt ihn zur Tür hinaus.

***

Im Hörsaal IX der Wiener medizinischen Fakultät brodelt es: Der stufenartig angelegte Saal, in dem bestenfalls zweihundert Studenten Platz finden, ist mit mindestens vierhundert jungen Leuten gefüllt, die schweißüberströmt und mit hochrotem Gesicht versuchen, gegen die Lärmlawine anzukämpfen.

Allerdings sind nur Wortfetzen aus dem Gebrüll zu entnehmen: „Freiheit, Sozialismus, Brüderlichkeit, Nationalismus, Gleichheit, Nieder mit den Tyrannen", sind die am meisten herausgeschrienen Parolen, die den Raum füllen.

Am Podium vor dem schon altersschwachen Katheder versucht ein hagerer, ganz in Schwarz gekleideter Herr, das Stimmengewirr zu durchbrechen. Dr. Adolf Fischhof, Sekundararzt am Allgemeinen Krankenhaus in Wien, ist der Heiserkeit nahe: „Kollegen, Kollegen, bitte um Ruhe. Wir können so nicht weiterdiskutieren", schreit er ins Auditorium und packt in seiner Verzweiflung den neben ihm stehenden Studenten Karl Boromäus und rüttelt ihn am Kragen. Doch dieser, bekannt wegen seiner radikalen Ideen, die er immer und überall zum besten gab, läßt sich nicht unterbrechen: „Presse- und Versammlungsfreiheit“, brüllt er mit wutverzerrtem Gesicht immer wieder in die Menge. „Wir lassen uns nicht länger von den Herren da oben gängeln“, ruft er mit nahezu schon überschlagender Stimme und geht im Getümmel fast zu Boden.

Das dürfte den außer Rand und Band geratenen Boromäus zur Besinnung gebracht haben, denn plötzlich beginnt er ebenfalls mit vorher nie gehörter Gewalt „Ruhe, Ruhe“ zu brüllen. Der neben ihm stehende Carl Ludwig Cornelius prallt dermaßen zurück, daß er zwei seiner Kommilitonen, darunter den auf sein Äußeres immer sehr bedachten Josef Danhäuser, auf den mit Öl präparierten Fußboden stößt. Der Tumult rund um den Katheder wirkt derart faszinierend auf den Rest der aufgebrachten Studenten, daß eine sekundenlange Pause eintritt, die Dr. Fischhof sofort nützt.

„Kollegen, Kollegen, es ist völlig sinnlos, sich hier im Üben von Parolen zu betätigen. Wir sind zusammengekommen, um über die Mißstände an unserer Universität und in unserem Land zu sprechen und nicht um eine Revolution anzuzetteln.“

Zustimmendes Gemurmel ist nach diesen Worten zu hören, und bevor noch aus den hinteren Reihen die Schlachtrufe „Freiheit, Gleichheit, Brüderlichkeit“ zu Ende sind, hat der Arzt wiederum das Wort an sich gerissen.

„Sie alle wissen, daß es im Untergrund bereits arg gärt. Lebensmittel sind knapp und teuer; die Industrie mußte die Produktion herabsetzen, und in den Vorstädten haben Arbeiter schon Bäckerläden und Lebensmittelgeschäfte geplündert. Die Bemühungen unseres „gütigen“ Kaisers Ferdinand I. sind zwar lobenswert, doch haben sie bisher keinen Erfolg gebracht.“

An dieser Stelle wurde er von einem Zwischenruf aus den hinteren Reihen unterbrochen. „Wohl die Rumfordsuppe, die der Wiener Allgemeine Hilfsverein an die Armen verteilt“, läßt sich höhnisch der Student Franz Gaul vernehmen, der in der Woche davor seine achtjährige Schwester, die an Unterernährung gestorben ist, verloren hat.

Fischhof blieb auf diesen bitteren Einwurf des Studenten ganz ruhig: „Nein, Kollege, ich meine nicht diesen aus Blut und Knochen gekochten, angeblich sehr nahrhaften Brei, den der englische Lord Rumford erfunden hat, sondern ich dachte an die Beschäftigung jener zwanzigtausend brotlosen Gelegenheitsarbeiter, die beim Straßen- und Dammbau eingesetzt wurden.“

„Joi, darauf kännen wir sehr stolz sein“, meldet sich mit einem unverkennbar ungarischen Zungenschlag ein Student in der vordersten Reihe, der zuvor noch mit seinen deutschen Kollegen still flüsternd, aber dafür umso hektischer gestikulierend diskutiert hat.

Lajos von Bolvary, zwanzigjähriger Sproß eines magyarischen Adelsgeschlechts, springt auf und beginnt sofort mit einer seiner Kampfreden, die seine Freunde bereits seit langem kennen: „Ich fordere die individuelle Freiheit der Bauern, die Abschaffung aller Privilegien des Adels und der hohen Geistlichkeit, die Gleichberechtigung der Religionen und den

Schutz der ungarischen Wirtschaft vor der österreichischen Konkurrenz! Und außerdem . . ."

Bevor der hitzige Ungar jedoch noch weiterreden kann, hat ihn bereits sein Studienkollege Karl von Auersperg, ebenfalls von blauem Blute, in seinen Sessel gedrückt und ihn dort trotz Zappelns festgehalten.

„. . . und außerdem noch das Recht auf die Einführung der ungarischen Amts- und Unterrichtssprache im eigenen Land", führt von Auersperg den Satz des Ungarn zu Ende.

„Ja, ja, lieber Lajos, wir kennen deinen Spruch nun schon zur Genüge. Ihr wollt mit Österreich und unserem Kaiserhaus nichts mehr zu tun haben. Aber . . .", und hier bekommt Auerspergs Stimme einen nahezu drohenden Unterton, „ehe ihr in die Selbständigkeit entlassen werdet, trocknet eher die Donau aus. Das schwör' ich dir, bei allem, was mir heilig ist!" Bolvary hat die letzten Worte mit hochrotem Gesicht hingenommen, schluckt nur kurz und macht den Eindruck, als ob er jeden Moment dem österreichischen Adeligen an die Gurgel springen will.

Was er auch getan hätte, wenn nicht Fischhof wieder das Wort ergriffen hätte, denn natürlich fühlen sich sämtliche Landsleute Bolvarys, sämtliche Studenten tschechischer Abstammung und die paar Kroaten und Italiener im Hörsaal von der Rede des Ungarn angesprochen.

„Die Frage des ungarischen Nationalismus wollen wir hier wirklich nicht erörtern, meine Herren", donnert Fischhof in den Saal. „Ich habe Kontakte zu dem liberalen Stephan Graf Szechenyi wie auch zu dem Herrn Rechtsanwalt Lajos Kossuth, der, wie Sie vielleicht wissen, auf eine klare Trennung zwischen

Österreich und Ungarn hinarbeitet. Hier und jetzt geht es darum, den Studienbetrieb aufrechtzuerhalten sowie in einer Bittschrift herauszuarbeiten, was die Studenten möchten."

Nach diesen letzten Worten erhebt sich wiederum allgemeiner Tumult im Saale.

„Pressefreiheit", schreit Lajos von Bolvary, dessen einst blütenweißer Kragen sich gelöst hat und ihm baumelnd vor der Brust hängt.

„Einblicke in die Staatsfinanzen", ruft nasal der junge Auersperg, der sich bemüht, seinen magyarischen Widersacher an Lautstärke zu übertreffen.

„Einführung von Geschworenengerichten!" brüllt der vom allgemeinen Taumel mitgerissene Franz Gaul, der im Staccato mit den Fäusten auf den Tisch trommelt.

Nur einer unter ihnen hat sich bisher ruhig verhalten und nur die Szenerie beobachtet.

Kaspar Wolf, ein Medizinstudent im sechsten Semester, seit zwei Jahren Mitglied einer geheimen studentischen Vereinigung mit dem romantischen Namen „Schwarze Hand", die es sich zum Ziel gesetzt hat, die Revolution nicht nur mit Worten zu führen, grinst nur leicht. Der uneheliche Sohn einer Wäscherin aus Erdberg und — so munkelt man — von einem Adeligen wartet auf seine Chance.

Und er bekommt sie, als nach minutenlangem Trommeln Fischhofs der Lärm plötzlich wieder abebbt. Nach einem kurzen prüfenden Griff nach dem Hosenbund — wo Wolf unter seinem Hemd eine kurzläufige, uralte Steinschloßpistole verborgen trägt — springt er blitzschnell nach vorne und hechtet geradezu auf den Tisch, wobei dem verdutzten Fischhof fast der Mund offen bleibt.

„Kameraden!“ donnert er in den Saal, „täglich bringt die Post Nachricht von der Revolution aus Italien. Täglich passiert hier bei uns ein politischer Meuchelmord! Sollen wir noch länger untätig zusehen?“

Nach einer Schrecksekunde kommt es aus der Masse wie aus einem Munde: „Niemals!“

„Kameraden! Schaut euch diesen Metternich an. Ein schwacher, stocktauber Mann, der nichts als verbrauchte Phrasen von sich gibt. Sollen wir uns noch länger von so einem kindgewordenen Greis unterdrücken lassen?“

Und wiederum tönt es wie aus einem Munde: „Nein, und nochmals nein!“

Jetzt hat Wolf die Kameraden dort, wo er sie haben will. Nach einer kurzen, künstlichen Pause, in der sich allerdings lähmende Stille breitmacht, setzt Wolf, der diese Reden bereits im Kreise seiner Brüder von der „Schwarzen Hand“ geübt hat, nunmehr fast beschwörend fort: „Kameraden! Kommilitonen! Brüder! Im Bezirk Ottakring sind eben unsere Arbeiterbrüder dabei, das Joch des Kapitalismus abzuschütteln. Sie sind derart verzweifelt, daß sie zum Äußersten bereit sind. Ich habe beschlossen, mich zu bewaffnen und sie zu unterstützen. Geht irgendwer von euch mit mir?“

Er hat noch nicht einmal ausgesprochen, reißt schon Lajos von Bolvary die Hand in die Höhe. Und neben ihm ein zweiter, ein dritter, ein vierter — bis plötzlich der Saal voll ist mit in die Höhe gerissenen Händen und die ehrwürdigen Mauern des Universitätsgebäudes von einem Schrei wie Donnerhall erfüllt sind.

„Wir gehen alle“, schallt es aus unzähligen Mündern, die Türen werden aufgerissen, und die Studenten quellen aus dem Hörsaal. Ein Zug, der immer schneller wird, durch die Wandelgänge rast und erfüllt ist von den nun nahezu schon hysterisch gewordenen Rufen nach Freiheit und Gleichheit.

Allein zurück bleibt ein betroffener Dr. Adolf Fischhof, der resignierend mit den Schultern zuckt, seine durch den Aufbruch zu Boden gestreuten Papiere aufklaubt und nur murmelt: „Mein Gott, wie soll das nur enden?“

***

Maurer Johann Wagner, selbst unter Gassenbuben aufgewachsen und in zahlreichen Raufhändeln als Sieger hervorgegangen, ist kein feiger Mann. Als er jedoch dem wutschnaubenden Vorarbeiter Xaver gegenübersteht, der mit drohend erhobenem Eisen auf ihn zukommt, wird ihm doch ein wenig weich in den Knien.

„Sollst sofort auf ihn losgehen oder lieber die Beine in die Hand nehmen?“ ist die Überlegung, die ihm durch den Kopf schießt.

Die Entscheidung wird ihm jedoch durch einen heraneilenden Arbeiter abgenommen, der laut vor sich her ruft: „Die Arbeiter stürmen die Tabakfabrik! Jetzt geht’s den Leutschindern an die Gurgl! Kommt schnell mit. Alle!“

Der Vorarbeiter, der schon knapp einen Meter an Johann herangekommen ist, hält inne und dreht den Kopf zu dem Rufer: „Was sagst da? Ist es endlich soweit?“

Damit läßt er das schwere Rundeisen sinken.

„Darauf hab’ ich gewartet. Los, wir unterstützen unsere Brüder. Wer ist kein Feigling und geht mit?“

Dabei fixiert er den Maurer, dem er eben noch den Schädel einschlagen wollte, mit tückischen Augen.

Johann sieht sich im Kreise der nunmehr Versammelten um und zögert nur einen kurzen Augenblick. Mit blitzenden Augen entringt sich seinem Mund nur ein leises Knurren: „Na sowieso machen wir mit. Auf geht's, Burschen!"

Die zerlumpte Gesellschaft rund um ihn durchleuchtet es wie ein Blitz, und durch die ausgemergelten Körper geht ein Ruck. Laut tönt es aus ihren Kehlen: „Wir gehen mit! Auf geht's!"

Mit diesem Ruf packen die Umstehenden Holzprügel, Eisenstäbe und schwere Ziegel, um im Falle des Falles nicht schutzlos den als brutal und sadistisch bekannten Gardesoldaten ausgeliefert zu sein.

Moritz, an dem der kleine Friedl immer noch wie eine Klette hängt, weiß nicht, wie ihm geschieht. Plötzlich sieht er sich inmitten von Leibern der zusammenströmenden Bauarbeiter eingekeilt und wird ganz einfach mitgeschoben im Pulk der aufgebrachten Menge.

Und der Protestzug, an dessen Spitze der Vorarbeiter Xaver seine Kollegen neben sich versammelt hat, zieht los in Richtung Neu-Lerchenfeld, passiert den Linienwall und marschiert mit immer schneller werdendem Tempo in Richtung Hernals. Überall, wo sie vorbeikommen, schließen sich ihnen Menschen, ob alt oder jung, an, bis der Zug nahezu endlos scheint.

Moritz kann aus dem Stimmengewirr kaum entnehmen, worum es denn eigentlich geht, er hat Mühe, in der Marschkolonne mitzuhalten, und nur eine Sorge, ob denn die verlorene Zeit auch bezahlt wird. Da allerdings alle Arbeiter mitgekommen sind, hofft er, daß der Bauherr vielleicht doch zahlen wird.

Als sie Ottakring erreichen und am Exerzierplatz der Kavallerie-Kaserne vorbeikommen, ist aus der Ferne Gesang zu vernehmen. Der Zug hält plötzlich an, und zwar so abrupt, daß Moritz in seinen Vordermann hineinprallt. Xaver brüllt in höchster Lautstärke: „Ruhe, verdammt! Was ist da los?“

Und kaum ausgesprochen, geht es bereits wie ein Lauffeuer durch den Protestzug: „Die Studenten kommen! Sie kommen uns helfen!“

Tatsächlich: Quer über das Exerzierfeld marschiert ein Zug von zumeist schwarz gekleideten Gestalten, die kampfeslustige Lieder singen, Hüte in die Höhe werfen, Fahnen schwenken und unentwegt Parolen wie „Freiheit — Gleichheit — Brüderlichkeit“ schreien.

Die Tabakfabrik bereits in Sichtweite, treffen die Spitzen der beiden Züge aufeinander. Allen voran Kaspar Wolf, der mit seiner Pistole herumfuchtelt, Lajos von Bolvary, der unverständliche ungarische Kampfesrufe ausstößt, Franz Gaul, der einen alten Säbel mit goldener Quaste schwingt, und sämtliche anderen Studenten aus dem Hörsaal IX, denen sich auf dem Marsch durch die Stadt ebenfalls Kommilitonen anderer Studienrichtungen angeschlossen haben.

Als Arbeiter und Studenten zusammentreffen, gibt es ein Händeschütteln, ein Schulterklopfen, und sogar der auf seine Reinlichkeit bedachte Josef Danhäuser scheut sich nicht, einen dreckverkrusteten Bauarbeiter zu umarmen.

„Brüdär“, ruft der ungarische Student Bolvary, „Brüdär, das ist ein Tag, den Herr Metternich nicht so schnell vergessän wird!“

Ein Jubelschrei durchläuft die Menge, und gemeinsam zieht die Masse weiter, immer näher der Tabakfabrik zu. Dabei machen unzählige Gerüchte die Runde: Die Arbeiter hätten die Maschinen zerschlagen; die Fabrik würde in hellen Flammen stehen; die Toten türmen sich bereits zu Bergen; ja der Kaiser habe bereits abgedankt.

Moritz, an dem diese Meldungen vorbeirauschen, wird nun ein wenig mulmig zumute, denn er ist nach dem Zusammentreffen der beiden Gruppen auf unerklärliche Art mit an die Spitze geschwemmt worden und marschiert nun neben dem Maurer Johann und einem fein gekleideten Studenten einher, immer noch den kleinen Friedl, dem es schon sichtlich besser geht, im Schlepptau. Aber noch einer ist zu der aufgebrachten Menge dazugestoßen: Ottokar Sulzer, Redakteur des „Wiener Tagblatt", hat sich auftragsgemäß mit der Mietdroschke bis zur Kavallerie-Kaserne kutschieren lassen, um knapp vor dem Exerzierfeld zu den Studenten zu stoßen. Er fühlt durchaus mit der erhitzten Menge und ist auch voll und ganz auf ihrer Seite.

Die Gerüchte, die auch an sein Ohr gedrungen sind, amüsieren ihn nur, denn er weiß besser als alle anderen, daß ein Kaiser Ferdinand sicherlich nicht so leicht von seinem Thron zu stoßen ist, solange der allmächtige und allwissende Staatskanzler Metternich am Ruder ist.

Jedenfalls macht er sich daran, den nun endlos erscheinenden Zug zu überholen, denn er muß an der Spitze sein, wenn der Pulk bei der Tabakfabrik eintrifft. Was nicht schwer ist, da die Kette der Demonstranten plötzlich ins Stocken kommt. Und als Sulzer zur Spitze blickt, weiß er auch warum.

Vor ihm liegt die aus häßlichen Backsteinen gebaute Tabakfabrik, die auf den ersten Blick völlig intakt scheint. Nirgendwo sind Arbeiter zu sehen, von Flammen ist keine Spur zu entdecken.

Was dagegen umso mehr ins Auge sticht, ist die Kette von Gardisten und Berittenen, die eine Sperre vor dem Fabrikstor und entlang der Mauern gezogen haben. Der große Vorplatz, der sich nun langsam mit den nachströmenden Demonstranten füllt, wird plötzlich von einer gespenstischen Stille beherrscht. Nur das Klappern der Säbel am Zaumzeug der Pferde, ein leichtes Scharren der in Reih und Glied stehenden Gardisten und das Schnauben der Pferde ist zu hören.

Die Anführer der Demonstranten sind durch diesen kriegerischen Anblick einen Augenblick wie gebannt. Sie haben zumindest mit Aufruhr und Aufstand gerechnet — nun ist außer den Bewaffneten nichts zu sehen.

Ein Gemurmel durchläuft die Menge. Ratlos drängen die Nachkommenden immer weiter nach vorne, was allerdings Wolf, der sich als erster von dem Schock erholt hat, mit einem herrischen Halt, das ein vielfältiges Echo von den Fabriksmauern hervorruft, unterbindet. Er tritt einen Schritt vor und wendet sich an den Kommandanten der Garde, einen kriegerisch aussehenden Oberst mit aufgedrehtem Schnurrbart und umgehängtem Leopardenfell, dessen silberne Knöpfe und Kokarden durch die schwachen Strahlen der Nachmittagssonne hell aufblitzen.

Oberst Johann Jakob von Wallersleben spielt mit dem Griff seines Krummsäbels und beobachtet den hochgewachsenen Burschen, der in seiner Rechten eine Pistole trägt, aufmerksam. Er ist ein erfahrener Soldat, hat für seinen Kaiser schon so manche Schlacht geschlagen und denkt nicht im Traum daran, sich von einer Horde aufgebrachter, mit Holzprügeln und Steinen bewaffneter Amateure ins Bockshorn jagen zu lassen. Wobei sein Befehl klar und einwandfrei lautet: Ruhe und Ordnung innerhalb und außerhalb der Tabakfabrik aufrechtzuerhalten, wenn nötig auch mit Waffengewalt!

Berichterstatter Sulzer sieht den Oberst an der Spitze der Soldaten und weiß sofort, daß es Probleme geben wird. Er kennt ihn als sturen Befehlsempfänger, dem ein Menschenleben nicht sehr viel gilt. Inbrünstig hofft er, daß sich der Zug nach diesem Anblick auflöst und dadurch ein mögliches Blutvergießen vermieden wird. Wobei er die Rechnung ohne den hitzköpfigen Vorarbeiter Xaver gemacht hat, der nun ebenfalls neben Wolf tritt, sein Rundeisen schwenkt und zum Oberst brüllt: „Wir wollen mit unseren Brüdern in der Fabrik sprechen. Oder habt ihr sie schon alle umgebracht?"

Oberst von Wallersleben zuckt nach dieser Anschuldigung mit keiner Wimper, sondern tätschelt nur seinen schwarzen Hengst, der unruhig geworden ist, am Hals. Und Wolf, der sich völlig gefangen hat, macht einen weiteren Schritt vor und verkündet laut und deutlich: „Als Vertreter der hier versammelten Arbeiter- und Studentenschaft fordere ich Sie auf, uns den Weg in die Fabrik freizugeben, um mit unseren unterdrückten Brüdern reden zu können."

Und er schwenkt, um diese Forderung zu unterstreichen, seine Pistole.

Was den Oberst genausowenig zu erschüttern scheint, denn nach wie vor liebkost er sein Pferd und beginnt nun zu sprechen: „Junger Freund! Wenn Sie hier als Anführer dieses aufrührerischen Haufens agieren, dann sagen Sie Ihren Komplizen, daß sie sich schleunigst auf den Nachhauseweg machen sollen, ansonsten ich gezwungen bin, diesen Pöbel mit Waffengewalt auseinanderzutreiben."

Die letzten Worte des Oberst gehen in einem Aufschrei unter. Ein Schrei, der aus einem Gemisch von Wut und Hoffnungslosigkeit entstammt, denn die Arbeiter und Studenten wissen sehr wohl, daß gegen diese bewaffnete Macht kaum etwas auszurichten ist. Trotzdem entsteht plötzlich Bewegung in der Masse, und die an der Spitze Stehenden werden unaufhaltsam nach vorne gedrängt.

Oberst von Wallersleben, der die Gefahr erkennt, stößt nur ein kurzes Kommando aus.

Mit einem klirrenden Laut fahren die Säbel der Berittenen aus der Scheide, und mit einer einzigen Bewegung pflanzen die Fußtruppen lange und spitze Bajonette auf ihre Gewehre. Nach einem weiteren Kommando nehmen die Gardisten ihre Gewehre auf, spannen den Hahn und schießen eine Salve in die Luft ab.

Die Wirkung ist gewaltig: Tausendfach dröhnt das Echo der abgefeuerten Gewehre von den Fabriksmauern, beißender Pulverdampf schwebt über den Soldaten, und der Zug der Demonstranten kommt unvermittelt zum Stehen.

Als der Rauch abgezogen ist, gibt der Oberst mit zufriedenem Gesicht einen weiteren Befehl, und die Gardisten legen nun direkt auf die in etwa hundert Meter Entfernung verharrenden Gestalten an.

Ottokar Sulzer, der die Gnadenlosigkeit der Militärs kennt, hat so etwas ähnliches erwartet. An der Spitze sieht er sich nun hunderten Gewehrläufen gegenüber, die — und daran zweifelt er keinen Augenblick — auch abgefeuert werden. Neben ihm steht ein ratloser Wolf, der überlegt, ob er aus seiner Pistole das Feuer eröffnen soll, daneben ein ungarischer Student, der nunmehr „Mördär, Mördär“ schreit, und auf der anderen Seite ein dreizehnjähriger Knabe, der nur aus schreckgeweiteten Augen auf die Soldaten am Fabrikstor blickt. Und unentwegt werden alle mitsammen vorwärtsgeschoben, immer näher den auf sie gerichteten Mündungen der Gewehre zu.

Gardist Wilhelm Holzbauer, Sohn eines Tischlermeisters von der Wieden, hat befehlsgemäß sein Gewehr nachgeladen, ein Zündhütchen aufgesetzt und fühlt den eisenbeschlagenen Kolben kühl und schwer an seiner Schulter. Sorgfältig zielt er über Kimme und Korn und hat nun einen Burschen ruhig im Visier, der zwischen einem dreizehnjährigen, staubverdreckten Jungen und einem immer wieder mit ungarischem Akzent schreienden Studenten steht. Dabei ist er sich sicher, daß er seine Kugel, die mühelos einen Baum durchschlägt, nach dem entsprechenden Befehl auf die Reise schickt. Wobei ihm bei dem Gedanken nicht ganz wohl ist, aber er hat schon mehrmals Fälle erlebt, in denen Kameraden wegen Befehlsverweigerung zur Verantwortung gezogen wurden.

Und schon kommt das Kommando. Kurz. Stahlhart. Holzbauer krümmt den Finger.

Der dreizehnjährige Moritz Michael Kuppelwieser hat Bruchteile von Sekunden zuvor eine seltsame Ahnung. Er spürt, daß dieser feine, ruhige Mann da neben ihm in Gefahr ist. Nahezu gleichzeitig mit dem Feuerbefehl des Oberst springt er auf Ottokar Sulzer los, der sich mit verwunderten Augen nicht einmal einen Reflex leisten kann, und beide, der Junge und der Journalist, gehen zu Boden.

Im selben Moment pfeift das heiße Blei an den beiden vorüber, und Moritz hat das Gefühl, einen heißen Luftzug an seinem Kopf zu verspüren.

Gleichzeitig stürzen um die beiden herum zahllose Leiber zu Boden. Ob getroffen oder nicht, kann weder Sulzer noch Moritz erkennen, und über dem Platz gellen Wutschreie, die sich zunehmend mit Schmerzensschreien vermischen.

Mühsam rappelt sich Sulzer wieder auf, immer noch wie betäubt über den überraschenden „Angriff" des Knaben, der nur stammelt: „Ist Euer Gnaden eh nichts passiert?"

„Ah geh, ich bin völlig in Ordnung", kann der Journalist nur sagen, der seinen Lebensretter am liebsten umarmt hätte. Nur sind derartige Zeichen von Dankbarkeit im Moment völlig fehl am Platz, denn nach einem weiteren Kommando des Oberst beginnen sich nun die Reiter in Bewegung zu setzen und nähern sich bedrohlich.

„Nichts wie weg", meint er nur kurz und beginnt sich nach einem Fluchtweg umzusehen.

Diesen Gedanken dürften auch die meisten anderen haben, denn sie warten nicht mehr auf den Ruf ihres Anführers Wolf, sondern zerstreuen sich in Windeseile in alle Himmelsrichtungen. Zumindest jene, die die Salve unverletzt überstanden haben. Für den Vorarbeiter Xaver, die Studenten Carl Ludwig Cornelius und den immer so auf seine Reinlichkeit bedachten Josef Danhäuser ist es jedenfalls zu spät. Sie liegen reglos auf dem verdreckten Platz, und Ottokar Sulzer weiß, daß es für sie keine Hilfe mehr gibt.

Deshalb denkt er nur an Flucht, packt seinen Retter Moritz an der Hand, der sich allerdings weigert, Fersengeld zu geben: „Wo ist der Friedl? Ich hab' ihn verloren! Um Gottes willen!"

Sulzer drängt: „Komm schon, Bub, wir müssen weg, aber schnell!"

Und da sieht Moritz den armen Friedl. Er liegt wimmernd am Boden, hält sich die Ohren zu und schreit lauthals: „Mama, Mama!"

Moritz reißt ihn hoch und läuft Sulzer, der sich nach ihm umwendet, in vollem Tempo nach.

„Schnell!" feuert ihn Sulzer an, nimmt mit Moritz den immer noch mit angstgeweiteten Augen brüllenden Friedl in die Mitte und läuft in Richtung Breitenfeld, wo sie sich zwischen den vereinzelt stehenden Häusern verstecken.

Völlig ausgepumpt erreichen sie die kärglichen Hütten, und Sulzer landet mit einem Hechtsprung in einem übelriechenden Abfallhaufen.

„Ich hab's gewußt, ich hab's gewußt!" stößt er mit hochrotem Kopf hervor.

Moritz, der schwer atmend neben ihm liegt und den kleinen Friedl mit einem schmutzigen Tuch abwischt, keucht nur: „Was haben Sie gewußt, Euer Gnaden?"

„Daß es so enden wird, blutig und mit Toten. Aber jetzt laß endlich das blöde Euer Gnaden. Du hast mir schließlich das Leben gerettet. Und dafür bin ich dir Dank schuldig."

„Aber hör'n S' doch auf, Euer Gna . . ., lieber Herr — ich weiß nicht, wie Sie heißen — das war doch nicht so eine Heldentat. Ich hab's plötzlich g'spürt, daß Sie in Gefahr sind."

„Also, ich bin der Ottokar Sulzer und bin Berichterstatter beim Wiener Tagblatt, und deswegen bin ich auch da raus nach Ottakring. Und wer bist du?"

„Ich heiß' Moritz Michael Kuppelwieser, bin schon dreizehn Jahr alt und arbeit' mit an der Altlerchenfelder Kirche."

Sulzer runzelt die Stirne. Er weiß, daß der Architekt Paul Sprenger die „Pfarrkirche zu den sieben Zufluchten“ baut, aber er weiß auch, daß dieser Ort keineswegs eine Zuflucht für jene ist, die daran werken. Der Einsatz von Kindern zu einem Schandlohn ist beim Bau dieses „gottgefälligen“ Hauses die Regel.

„Ja, um Gottes willen, warum machst denn du sowas?“ ist seine Frage, die Moritz mit einer ausführlichen Schilderung seiner trostlosen Familienverhältnisse beantwortet. Noch bevor Moritz zu Ende ist, hat Sulzer bereits einen Entschluß gefaßt. „Paß auf! Du wirst dich nicht länger wegen der paar lumpigen Kreuzer abrackern. Ich mach' dich zu meinem Redaktionsboten, da kannst mich manchesmal begleiten oder Wege für mich erledigen, und dafür zahl' ich dir in der Woche einen Gulden. Einverstanden?“

Moritz glaubt sich verhört zu haben. „Was, einen ganzen Gulden pro Woche. Also Euer Gnaden, ich, ich . . .“

„Schon gut, derfang' dich. Und morgen fangst gleich an bei mir. Kommst auf die Stubenbastei — weißt eh, wo die ist —, und dann werden wir weitersehen.“

Der Knabe ist überwältigt und den Tränen nahe.

„Und jetzt bringst den Friedl nach Hause, und morgen sehen wir uns“, meint Sulzer nur begütigend, denn eine derartige Dankbarkeit hat er selten erlebt.

Moritz springt auf die Beine, packt Friedl und verabschiedet sich. „Küß die Hand, küß . . .“

„Aber geh!“ wehrt Sulzer ab und schiebt ihn weg.

Als die beiden Knaben verschwunden sind, bleibt Sulzer noch eine Weile nachdenklich sitzen. Seinen Bericht — was soll er schreiben?

„Aber“, so sagt er sich, „das war erst ein Anfang.“

Im Redoutensaal auf der Wiener Landstraße herrscht Hochstimmung: Die Kristalluster mit ihren tausenden Kerzen verbreiten angenehmes Licht, in dessen Schein sich die Paare zur Walzermusik im Tanz drehen. Die Herren sind durchwegs in schwarzem Frack mit weißer Weste und Schleife erschienen, die Lackschuhe auf Hochglanz poliert. Die Damen wiederum haben die neueste Pariser Mode angelegt, ihre bunten, schulterfreien Kleider drehen sich im Rhythmus des Walzers, und ihre Haare, artig zu Locken gedreht, sind nicht selten mit Blumen durchflochten.

Ernst von Sternberg, Reichstagsabgeordneter adeliger Abstammung, hat gerade seine Partnerin, die Gräfin Melanie zu Falkenstein, einem jungen, hitzigen Bewerber abgegeben und fährt sich nun ermattet mit seinem Seidentaschentuch über die schweißnasse Stirn. Er hat wahrhaft in den letzten Wochen eine Unzahl von Bällen und Redouten absolviert, eine Anstrengung, die ihm mit seinen 48 Jahren nicht mehr so leicht fällt. Stöhnend zieht er eine Zigarre aus dem vergoldeten Etui und beobachtet mit zusammengekniffenen Augen — sie sind auch nicht mehr die besten — das lockere Treiben auf dem und um das Tanzparkett.

In kleinen Gruppen stehen sie zusammen, die Hohen des Reiches, teils in Zivil, teils in Uniform gekleidet. Er erkennt Carl Graf von Inzaghi, den obersten Kanzler, Franz Freiherr von Pillersdorf, den Hofkanzler, Josef Freiherr von Weingarten sowie Fiequelmont, den Minister des Äußeren. An ihren heftigen, gestikulierenden Bewegungen kann er ablesen, daß es wieder einmal um Politik geht. Ein Thema, das sicherlich Anlaß zu Aufregung für die Mächtigen des

Kaiserhauses gibt. Denn wie von Sternberg weiß, gleicht Europa einem Kochtopf, der nahe am übergehen ist.

In Paris hat Louis Philippe abdanken müssen, anschließend wurde die Zweite Republik ausgerufen. Liberalismus ist das Schlagwort eines immer stärker werdenden Bürgertums, das sich nun immer mehr in Erscheinung bringt.

Und im 40-Millionen-Staat der Habsburger ist es nicht viel anders. In Italien ist es schon zu Aufständen gekommen, um sich der österreichischen Herrschaft in Lombardo-Venetien zu entledigen.

In Ungarn macht das wiederaufkeimende Nationalgefühl den Herrschenden zu schaffen, was noch durch den Widerstand der Siebenbürgen und Südslawen, die sich ihrerseits wieder von den Magyaren unterdrückt fühlen, verschärft wird.

Sternberg seufzt innerlich, denn er hat die Entwicklung der Ereignisse mit Unbehagen mitverfolgt. Und Metternich und seine Hofschranzen reagieren auf derartige Zwischenfälle mit noch schärferer Zensur und Unterdrückung. Wo das noch hinführen soll, überlegt Sternberg, als er plötzlich durch einen Schlag auf die Schulter aus seinen Überlegungen gerissen wird. Hinter ihm steht, aufgeplustert wie ein Gockel, in blinkender Uniform Johann Talatzko Freiherr von Gestieticz, der k.u.k. niederösterreichische Regierungs-Präsident, ein Mann, dem Sternberg wenn möglich aus dem Wege geht. Diesmal gelingt es ihm nicht, denn Gestieticz, breit wie ein Schrank, hat sich vor dem schmächtigen Sternberg aufgebaut und ihm jeglichen Fluchtweg abgeschnitten.

„Na mein Guter von Sternberg“, dröhnt der Präsident laut, daß sich die umstehenden Damen nach den beiden umdrehen, „wie geht es uns denn so?“ Und ohne überhaupt eine Antwort abzuwarten, fährt er im gleichen Tonfall fort: „Ein wunderschönes Fest, isn't it?“

Der Präsident ist bekannt dafür, daß er eine unerklärliche Vorliebe für die Engländer hat und bei jeder passenden und unpassenden Gelegenheit mit seinen mageren Fremdsprachenkenntnissen prahlt. Eine Marotte, die ihn Sternberg nicht unbedingt sympathischer macht.

„Ja, Herr Präsident, ein außerordentlich exzellentes Fest“, antwortet Sternberg kurz angebunden und versucht, an dem Dicken vorbeizuschlüpfen, um der, wie er weiß, unausweichlichen Diskussion um Politik zu entkommen.

Doch ohne Erbarmen hält der Präsident Sternberg an den Schultern fest und lächelt unter seinen braunen Zähnen hervor: „Was sagen Sie zur Lage, lieber von Sternberg? Dieses Arbeiter- und Studentengesindel möchte doch tatsächlich eine konstitutionelle Monarchie installieren. Und dauernd faseln sie von Liberalismus, Sozialismus und solch neumodischem Zeug. Ja ich frag' mich, wo kommen wir denn da hin? Am End' wollen die doch nur den Kaiser stürzen und eine Anarchie haben oder?“

Sternberg ergreift die Gelegenheit, um dem in Atemnot gekommenen Präsidenten ins Wort zu fallen: „Also, lieber Herr Präsident, von Kaiser stürzen kann doch wirklich keine Rede sein. Im Gegenteil, das brave Volk steht voll hinter unserem Kaiserhaus. Nur gegen das System, gegen den Herrn Metternich und seine Hofkamarilla wendet sich der Unmut der Leute. Und hier wird, so sag' ich Ihnen, einiges falsch gemacht.“

Über Gestieticzs fleischiges Gesicht legen sich einige Unmutsfalten: „Hör'n S' mir doch auf mit diesem Unsinn. Wenn die Leut' brav arbeiten, die Studenten brav studieren und die Herrn Journalisten nicht immer im Dreck herumwühlen, dann hätten wir all diese Troubles nicht. Also meine Leut' in Niederösterreich haben mir nicht berichtet, daß es den Leuten so schlecht geht, wie manche" — und damit fixiert er Sternberg aus seinen kleinen Augen — „so tun."

Sternberg gibt sich redlich Mühe, diesem aufgeblasenen Beamten nicht ins Gesicht zu springen oder ihn zu würgen. Nachdem er kurz geschluckt hat, kann er wieder sprechen:

„Also ich weiß nicht, was Ihre Leute Ihnen erzählen. Ich für meine Person war jedenfalls jetzt im strengsten Winter bei einem mir gut bekannten Polizeikommissar zu Besuch im Amt. Im Vorzimmer saßen etwa 20 Gestalten, die man eben zusammengefangen hatte. Sie hatten bloß ein zerlumptes Hemd und leinene Unterhosen an, waren von Schmutz und Unrat nahezu überkrustet. Überall sah ihnen das nackte Fleisch hervor, die Füße waren mit Fetzen umwickelt. Und wissen Sie, lieber Präsident, wo diese Bedauernswerten hausen?"

Der Präsident blickt gelangweilt.

„In den Kanälen wohnen sie, lieber Präsident, und diese 20 sind nicht die einzigen, sondern davon gibt es Hunderte, ja wenn nicht Tausende."

Der Präsident blickt noch gelangweilter aus seiner blinkenden Uniform heraus. Was Sternberg veranlaßt, seine Stimme zu erheben und zu sagen: „Wissen Sie auch, daß man hört, daß die Ärmsten unter den Armen schon ihre Kinder zum Verkauf angeboten haben, nur damit sie dem Hungertod entgehen."

Dem Präsidenten ist nach diesen Worten der Unmut deutlich ins Gesicht geschrieben, und hinter seiner schweißtriefenden Stirne kann man deutlich sehen, wie es in ihm arbeitet. Allerdings fällt ihm lediglich ein knurrendes „Ah geh“ ein, und nach diesem Ausspruch dreht er sich unerwartet behende um und verschwindet im Gewühl der Tanzenden.

Sternberg ist von diesem plötzlichen Abgang dermaßen verblüfft, daß er seine ausgestreckte Hand, mit der er den Dicken festhalten will, wieder sinken läßt.

„Du kommst auch noch dran, du Fettwanst“, murmelt er vor sich hin und begibt sich zur Garderobe.

Das Fest ist ihm gründlich verdorben.

13. März 1848
Massaker in der Herrengasse

Moritz Michael Kuppelwieser, der älteste Sohn einer Reisigsammlerin und eines Tintenverkäufers, ist glücklich. Laut vor sich hinpfeifend beginnt er, Holz in den Kanonenofen der Redaktionsstube des „Wiener Tagblatt“ auf der Stubenbastei zu schlichten. Es ist acht Uhr morgens, und wenn die „Herren Berichterstatter“ um neun Uhr kommen, sollen sie es bereits warm haben. Vor allem sein Wohltäter Ottokar Sulzer, der einige Mühe gehabt hat, seinem Vorgesetzten, dem dicken Herrn Funder, die Dienste des Redaktionsboten Moritz schmackhaft zu machen.

Allerdings hat sich auch Funder schnell an den aufgeweckten Knaben gewöhnt, der den beiden nicht nur alle Unannehmlichkeiten des täglichen Bürobetriebes abnimmt, sondern auch durch seine intelligenten Fragen, die völlig frei von politischen Erwägungen sind, manchen Denkanstoß gibt. Und wenn auch nicht jeder Tag derart abenteuerlich verläuft wie jener vor acht Wochen, an dem Moritz dem Journalisten Sulzer das Leben gerettet hat, ist dennoch in Europa eine Menge passiert, das Anlaß zu Fragen gibt.

In Frankreich ist vor Wochen der Sturm losgebrochen: Der Streit um ein demokratisches Wahlrecht in Paris artete am 23. Februar in Straßenkämpfe aus, als eine an und für sich friedlich gesinnte Menge vor dem Amtssitz der Regierung Guizot demonstrieren wollte. Auf dem Wege dorthin versperrte ihnen ein Spalier von Soldaten in der Rue Capucines den Weg. Als einer der Demonstranten einem Offizier eine Fakkel ins Gesicht stieß, fielen Schüsse — vierzig Personen wurden getötet.

Die Nachricht von dem Massaker verbreitete sich wie ein Lauffeuer durch die Stadt, und noch vor dem Morgengrauen waren in den engen Gassen von Paris fünfzehnhundert Barrikaden errichtet. Die Bürgerwehr verbündete sich mit den Aufständischen. Der Ruf „Es lebe die Republik!" war überall zu hören. Der „Bürgerkönig" Louis Philippe konnte sich nicht entschließen zu handeln, verhandelte einen Tag lang mit seinen Politikern, unterzeichnete schließlich gegen den Willen seiner Familie die Abdankungsurkunde und floh nach England.

Nur drei Tage später stellte eine badische Volksversammlung bei Mannheim die charakteristischen Forderungen der Deutschen Revolution auf: Die Arbeiter fordern die Verbesserung ihrer sozialen Situation, denn die Mißernten haben zu steigenden Preisen, sinkenden Löhnen, Hungersnot und Arbeitslosigkeit geführt.

Die Bauern kämpfen für die Befreiung von Abgabenlasten.

Studenten und Intellektuelle fordern Pressefreiheit, Schwurgerichte, ein deutsches Parlament, Volksbewaffnung, Versammlungs- und Redefreiheit und Amnestie für alle politischen Vergehen.

Und das besitzende Bürgertum strebt nach ungehinderter Entfaltung der industriellen Produktion und einem politischen Mitspracherecht.

Im Verlauf der nächsten Tage kommt es auch in Deutschland zu schweren Zwischenfällen: In Baden erzwingen Hunderte von Demonstranten den Einlaß in das Ständehaus des Landtages, Friedrich Hecker fordert die Beseitigung des Adels.

In Nordbaden erheben sich die Bauern, ein Aufstand, der sich schnell auf Württemberg und Hessen-Darmstadt ausweitet. Und in Wiesbaden demonstrieren an die dreißigtausend Bauern, die wortgewaltig und vehement eine Aufteilung der Güter und eine sofortige Übertragung der Wälder in öffentliches Eigentum fordern.

Zur gleichen Zeit hält der ehemalige Rechtsanwalt Lajos Kossuth, ein blendender Redner und brillanter Publizist, vor dem ungarischen Reichstag in Preßburg die (später sogenannte) „Taufrede zur Österreichischen Revolution", in der erstmals und öffentlich eine konstitutionelle Monarchie gefordert wird.

Er spricht in seiner flammenden Rede vom „erstickenden Dampf des tödlichen Windes, der aus den Bleikammern des Wiener Regierungssystems alles niederdrückt, lähmt und vergiftet".

Aber die aufrührerischen Worte finden nicht nur im Nachbarland Anklang: In Windeseile wird der Wortlaut in Wien über den „Juridisch-Politischen Leseverein“ verbreitet, sein Gedankengut findet sich kurz darauf in sämtlichen anderen Papieren.

So im „Aufruf und Programm der Fortschrittspartei in Österreich“, in einer „Bürgerpetition“, die von Tausenden unterschrieben wird, und in einer Petition der Studenten, deren Forderungen an den Kaiser weit über jene der Bürger hinausgehen.

Moritz kann mit seinen dreizehn Jahren die Tragweite all jener heftigen Diskussionen, in denen sein Wohltäter Sulzer mit seinem Vorgesetzten verstrickt ist, noch nicht erkennen. Von all diesen Ereignissen hat er erfahren, obwohl sie nicht immer in den Spalten der Zeitung Aufnahme finden. Denn wie eh und je leidet Sulzer immer noch unter dem Gehorsam seines Chefs, der dic allmächtige Zensur des Metternichschen Systems sehr fürchtet.

Gerade als sich der Knabe anschickt, das Holz im Ofen zu entzünden, wird die Türe aufgerissen, und Ottokar Sulzer stürmt herein.

„Los, komm mit. Wir müssen in die Herrengasse zum Niederösterreichischen Landhaus. Dort beraten die Stände über die derzeitige Lage.“

„Aber, ich muß noch fertig einheizen“, stammelt Moritz, von der Ungeduld des Journalisten überrascht.

„Nein, der Dicke soll sich selber Feuer unterm Hintern machen“, brüllt Sulzer. „Du mußt unbedingt mit, damit du gleich meine Berichte dann herbringen kannst.“

Er packt Moritz am Kragen, wirft ihm seinen abgeschabten Mantel über die Schultern und rast mit ihm aus dem Stiegenhaus. Keuchend überqueren sie den Michaelerplatz, Sulzer mit fliegenden Rockschößen, Moritz hinter ihm mit hochrotem Kopf, und als sie um die Ecke in die Herrengasse biegen, hören sie bereits das Geschrei einer aufgebrachten Menge.

„Genau, wie ich es mir gedacht habe“, keucht Sulzer und beginnt, sich durch die johlenden, pfeifenden und schreienden Menschen einen Weg zu bahnen, auf dem ihm Moritz nur mühsam folgen kann.

„Worum geht es eigentlich?“ fragt er den Journalisten.

„Die Studenten“, brüllt dieser, um den allgemeinen Lärm zu übertönen, „die Medizinstudenten sind wieder einmal auf der Straße, um für die Erfüllung ihrer Forderungen zu demonstrieren!“

Mitten in der johlenden Menge erkennt Sulzer den Arzt Dr. Fischhof, der ein Papier in der Hand schwenkt und sich wieder einmal vergeblich bemüht, das Wort zu ergreifen. Neben ihm ruft Lajos von Bolvary unentwegt „Vorlesän, vorlesän“, an seiner Seite der Student Franz Gaul, der immer nur wiederholt „Weg mit Metternich, Tod den Tyrannen!“ Und wie immer wartet Kaspar Wolf im Hintergrund. Er ist Mitglied der „Schwarzen Hand“, jener studentischen Vereinigung, die sich die Durchsetzung ihrer Ziele ohne Waffengewalt nicht vorstellen kann. Und der nach Rache sinnt für den Zwischenfall vor der Tabakfabrik, der zwei seiner Kameraden das Leben gekostet hat und wo er der geballten Militärmacht weichen mußte.

Sulzer und Moritz haben es nun endlich geschafft, sich durch die lärmende Menge zu drängen, und der Journalist ist nun nahe an Fischhof herangekommen.

„Was geht hier vor, Herr Doktor?“ fragt der Berichterstatter. „Was soll diese Demonstration?“

Fischhof, dem Sulzer kein Unbekannter ist, versucht vergeblich, den Wirbel zu durchdringen:

„Wir wollen erreichen, daß die Stände eine harte Haltung gegenüber der Geheimen Staatskonferenz einnehmen und daß endlich eine Reaktion auf unsere Forderungen vom Kaiser kommt. Und außerdem möchte ich die Preßburger Rede von Kossuth verlesen. Was mir bei diesem Lärm allerdings unmöglich erscheint."

Und völlig übergangslos beginnt er, plötzlich wieder „Ruhe, so gebt doch Ruhe, Kollegen" zu brüllen. Der Ruf pflanzt sich fort bis in die hintersten Reihen, und nach mehreren Minuten ebbt der Lärm zu einem Gemurmel ab. Fischhof bildet nun einen Halbkreis um sich, erklärt mit seiner festen Stimme den Grund für diese Demonstration und fängt an, die Rede des ungarischen Rechtsanwaltes Kossuth zu verlesen.

Als er geendet hat, herrscht sekundenlang tiefes Schweigen in der schmalen Gasse, das plötzlich vom Rufe des ungarischen Studenten Lajos von Bolvary wie von einem Peitschenhieb durchbrochen wird: „Es lebä die Rävolution!"

Das Echo aus hunderten Kehlen ist so gewaltig, daß die Mauern des Niederösterreichischen Landhauses zu beben scheinen.

„Es lebe die Revolution!" rufen die Studenten, Bürger und Arbeiter, die sich vor dem Hause versammelt haben. Sie fallen einander in die Arme, Hüte werden in die Luft geworfen, und ehe sich Fischhof versieht, haben ihn Bolvary, Gaul, Wolf und zwei Arbeiter auf die Schultern gehoben und schütteln ihn, daß ihm der Kneifer von der Nase fällt und an seiner goldenen Kette wild hin und her baumelt.

Kaspar Wolf sieht wieder einmal seine Stunde kommen. „Wir stürmen den Landtag!" brüllt er. „Wir räuchern sie aus!"

Und schon hämmert er gegen das schwere Eichentor. Mit überschlagender Stimme verlangt er nach Brechstangen und Rammböcken. Doch plötzlich erschallt ein Schreckensruf: „Die Soldaten kommen!"

Moritz reißt Sulzer, der inmitten der aufgewühlten Menge hin und hergestoßen wird, am Ärmel und deutet in Richtung Michaelerplatz, da eine Verständigung inmitten des Wirbels fast unmöglich ist.

Da kommen sie: Mit aufgepflanztem Bajonett nähern sich ungefähr hundert Soldaten im Laufschritt der aufgebrachten Menge. In diesem Augenblick schießt dem Studenten Franz Gaul eine Idee durch den Kopf:

„Kameraden, wir erklären den Soldaten, warum wir hier sind! Wir werden sie auf unsere Seite bringen und Schulter an Schulter gegen das System kämpfen. Es sind unsere Brüder!"

Diese Idee findet raschen Anklang, die Menge wendet sich um und geht den Soldaten entgegen.

An der Spitze der Truppe, die sich auf die Aufständischen zubewegt, steht Leutnant Arturo Battisti, der Sohn eines Fleischermeisters aus Verona, der zusammen mit seinen Leuten, durchwegs Söhnen aus armen italienischen Bauern- und Bürgerfamilien, seit zwei Monaten in Wien stationiert ist.

In dieser Zeit hat sich kaum eine Gelegenheit gefunden, aus der Kaserne auf der Schmelz herauszukommen, er wird von fürchterlichem Heimweh geplagt, und sein Deutsch beschränkt sich auf die nötigsten Begriffe im Umgang mit der Bürokratie des auch ihm verhaßten österreichischen Kaiserreichs.

Seinen Landsleuten und Untergebenen geht es nicht viel anders, sie sehnen sich zurück in die warmen Gefilde ihrer Heimat, und sie können mit dem seltsamen

Humor der Einheimischen, noch dazu in unverständlichen, kehligen Lauten vorgebracht, nicht viel anfangen.

Leutnant Battistis Befehl von höchster Stelle ist einfach und klar: den Aufstand niederschlagen. Und er erkennt nur, daß sich dieser gefährliche Mob, der für ihn unverständliche Parolen ausstößt, Fäuste und Knüppel in der Luft schwenkt, sich bereits bedrohlich genähert hat.

Plötzlich löst sich aus der Masse der Aufständischen eine Gestalt, beginnt auf die Soldaten zuzulaufen und ruft: „Schießt nicht auf eure Brüder!"

Der italienische Leutnant Arturo Battisti versteht kein Wort. Mit einem kurzen „Attenzione" bringt er seinen Trupp zum Stehen.

Die Gestalt läuft weiter und ruft wiederum: „Schießt nicht auf eure Brüder!"

„Fuoco!"

Die Salve kracht in der schmalen Gasse wie ein Donnerhall, die Fensterscheiben klirren, und beißender Pulverqualm steigt zum Himmel.

Der Medizinstudent im sechsten Semester, Franz Gaul, der auf die Soldaten zugelaufen ist, wird von der Wucht des ihn treffenden Geschoßes zurückgerissen und ist schon tot, bevor sein Körper noch auf dem Pflaster der Herrengasse aufprallt.

Hinter ihm sinken ebenfalls Menschen zu Boden, das Schicksal trifft seine Auswahl: Ein Tischler, noch mit seinem Lederschurz bekleidet, bricht blutüberströmt zusammen; der Prinzipal und Inhaber eines Hutmacherladens wird von einem schweren Geschoß in den Kopf getroffen; eine Frau, die eben noch „Hoch die Revolution" gerufen hat, sinkt zu Boden.

Berichterstatter Ottokar Sulzer hat sich zusammen

mit Moritz im Torbogen des Landhauses in Deckung begeben und den Vorfall mit Grauen beobachtet. Besonders über die italienischen Kommandolaute schüttelt er nur den Kopf: „Das, das kann doch nicht wahr sein. Die hetzen uns die Italiener auf den Hals“, stammelt er nur.

Moritz, dem nach der Gewehrsalve noch immer die Knie schlottern und der ein flaues Gefühl im Magen verspürt, blickt in die mit zahlreichen reglosen Leibern übersäte Herrengasse und meint mit zitternder Stimme: „Ich glaub’, wir sollten verschwinden, sonst sind wir die Nächsten!“

Sulzer wirft einen spähenden Blick aus der Tornische und gibt ihm recht: „Bevor die wieder neu geladen haben, müssen wir weg sein. Hast recht.“

Damit packt er Moritz an der Hand, und beide laufen, ohne sich nach den Soldaten umzusehen, in Richtung Schottentor.

***

Auf der hohen Stirne des Kaisers hat sich Schweiß gebildet, sein ohnehin schütteres Haar steht in Strähnen weg. Unruhig auf und ab gehend nagt er an seiner schmalen Unterlippe, die feuchten Hände wischt er ununterbrochen an seiner Hose ab. Ferdinand der Erste, von Gottes Gnaden Kaiser von Österreich, König von Ungarn und Böhmen, König der Lombardei und Venedigs etc., etc. ist ratlos.

Ebenso ratlos sind die anderen in der Kanzlei der Hofburg, die seit den frühen Morgenstunden einem aufgescheuchten Bienenschwarm gleicht.

Fürst Clemens Wenzel Lothar Metternich, Staatskanzler und Anlaß des Aufruhrs, tritt von einem Bein auf das andere, nestelt an seiner Leibbinde herum und fährt sich in regelmäßigen Abständen mit dem Finger in den zu eng gewordenen Stehkragen. Auch Erzherzog Albrecht von Habsburg-Lothringen, ein Cousin des Kaisers und mit einunddreißig Jahren bereits Feldmarschalleutnant und Oberkommandierender der Armee im deutschsprachigen Österreich, weiß nichts Besseres, als mit den Hacken seiner Stiefel zu knallen und mit den Zähnen zu knirschen.

Erzherzogin Sophie von Bayern, die ständige Einsagerin von Ferdinand, zupft mit ihren behandschuhten Händen am Saum ihres Kleides, ihr dekolletierter Busen hebt und senkt sich schweratmend. Und Johann Talatzko Freiherr von Gestieticz, der beleibte niederösterreichische Regierungspräsident, steht mit herabhängenden Mundwinkeln da und fährt sich in hektischer Manier des öfteren an die Nase. Es ist ihm denkbar unbehaglich zumute.

Nur der Reichstagsabgeordnete Ernst von Sternberg, der wegen seines gesunden Menschenverstandes und seines aufrichtigen Verhaltens vom Kaiser als Berater geschätzt wird, lehnt in der Nähe des flackernden Kamins und beobachtet die Szene mit amüsiertem Lächeln. Auch er ist von den Vorgängen, wie sie Gestieticz dem Kaiser vorgetragen hat, bestürzt, doch er gönnt dem dicken Präsidenten diesen Auftritt. Dieser hat dem Kaiser von den Zwischenfällen vor und im Niederösterreichischen Landhaus berichten müssen, eine Schilderung, die der Monarch nur mit Stirnrunzeln zur Kenntnis nahm.

Denn im Laufe des Tages sind noch Meldungen eingegangen, daß sich Wien innerhalb von Stunden in einen brodelnden Hexenkessel verwandelt habe; daß in der Innenstadt Barrikaden errichtet worden seien; daß in den Vorstädten Fünfhaus, Sechshaus, Ottakring und Hernals Morde und Plünderungen vorgekommen sind; und daß Polizisten, Soldaten, Studenten, Arbeiter und Bürger den Tod gefunden haben. Die Stimmung des Kaisers hat einen Tiefpunkt erreicht. Umso mehr, da er sich nunmehr zu einem Entschluß durchringen muß. Was ihm schon bisher nie leichtgefallen ist und er gerne immer auf andere abgeschoben hat.

Mürrisch wendet er sich an Erzherzog Albrecht: „Mein lieber Cousin, du hast doch den Befehl gegeben, auf die Demonstranten zu schießen. War denn das wirklich nötig?"

„Majestät", und damit knallt der Erzherzog wieder mit den Hacken, sodaß alle im Raum Anwesenden zusammenzucken, „der aufrührerische Mob war nicht zum Halten zu bringen. Meine Truppen waren selbst in Gefahr, ihr Leben zu verlieren."

„Aber es sind doch — so höre ich — auch Frauen und Kinder unter den Toten. Also, also — ich muß schon sagen . . .!" Und damit verebben die Worte des Kaisers in einem unverständlichen Gemurmel. Erzherzog Albrecht zuckt nur mit den Schultern und blickt fragend in die Runde.

Freiherr von Gestieticz fühlt sich dabei angesprochen und ergreift nun seinerseits das Wort, wobei es der Dicke nicht unterlassen kann, einen artigen Kratzfuß zu machen, was ihn allerdings leicht ins Wanken bringt.

„Majestät erlauben mir alleruntertänigst, einen Vorschlag machen zu dürfen?"

Der Kaiser blickt ihn fragend an.

„Man sollte in einer Kundmachung dem Volke mitteilen, daß Eure Majestät die Stände allerhuldigst zu empfangen geruhe und daß eine gnädigste Zusicherung bestünde, ein Komitee zu gründen, daß die gegenwärtigen Verhältnisse zu prüfen habe."

Ernst von Sternberg, der die blumig-schleimige Rede des Präsidenten mit innerem Unbehagen mitverfolgt hat, schaut zu Metternich, der allerdings keine Miene verzieht.

Erzherzogin Sophie, die sich an die Seite des Kaisers gestellt hat, ist von diesem Plan angetan und meint mit ihrer leicht rauchigen Stimme: „Das scheint mir ein annehmbarer Vorschlag zu sein, Majestät."

Ferdinand blickt nur unbehaglich gegen die reichverzierte Decke, gibt sich jedoch einen Ruck und erwidert: „Na schön, Herr Präsident, setzen Sie so eine Kundmachung auf und geben Sie sie zum Drucke, damit sie noch heute veröffentlicht werden kann. Ob's aber was nützt?" Und damit blickt er in Richtung Sternberg, der unmerklich den angegrauten Kopf geschüttelt hat.

„Majestät", beginnt Sternberg zu sprechen, „nach meiner Meinung müßte man ein deutliches Zeichen setzen. Ein Zeichen, daß Ihr die Not des Volkes erkannt habt und gewillt seid, die oftmals geäußerten Wünsche und Forderungen — zumindest zu einem Teil — zu erfüllen."

Nach diesen Worten hat sich Staatskanzler Metternich, der tatsächlich schon etwas schwerhörig ist, plötzlich gestrafft und angespannt lauschend vorgebeugt. Albrecht hört mit den Zähnen zu knirschen auf, die Erzherzogin Sophie hält den Atem an, und der dicke Präsident blinzelt verlegen zu Sternberg.

„Und was sollte dieses Zeichen sein?" fragt der Kaiser, ebenfalls nun voll Interesse.

Plötzlich liegt über dem Raum knisternde Spannung. Alle scheinen erstarrt, nur das Knacken der

Scheite im Kamin ist zu hören. Sternberg ist die Ruhe selbst. Mit etwas kräftigerer Stimme erklärt er völlig ohne Bewegung: „Der Stein des Anstoßes muß weg", und damit schaut er Metternich voll ins Gesicht. „Der hochverehrte Herr Staatskanzler muß zurücktreten!"

Die Stille nach diesen Worten scheint unerträglich. Metternich atmet hörbar durch, legt dann die linke Hand an sein Ohr und meint mit belegter Stimme zu Sternberg: „Ich hab' Sie wohl nicht richtig verstanden. Was haben Sie gesagt?"

Sternberg, der den Fürsten nur zu genau kennt, weiß, daß er ihn sehr wohl recht gut verstanden hat, seine Schwerhörigkeit aber immer dann ausnützt, wenn er etwas Zeit zum Nachdenken benötigt.

„Ich habe gesagt, daß Exzellenz noch heute zurücktreten und am besten außer Landes müssen", wiederholt er mit fester Stimme. Er ist sich der Tragweite dieser Forderung sehr bewußt und hat auch erkannt, daß es sich um eine einmalige Gelegenheit handelt, diesen „Kutscher Europas", der über Jahre hinweg durch Geheimpolizei und Zensur das Volk unterdrückt hat, loszuwerden und damit weiteres Blutvergießen womöglich zu verhindern. Er weiß aber auch, daß vom dicken Gestieticz, der sein Fähnchen immer nach dem Winde richtet, und vom kriegerischen Habsburger Albrecht, der mit Menschenverachtung sein Handwerk ausübt, keine Unterstützung in diesem Absetzversuch zu erwarten ist.

Lediglich von der Erzherzogin, die auch ein Herz für die niederen Schichten des Volkes hat, ist Hilfe zu erhoffen.

Die auch prompt nachsetzt: „Majestät, ich glaube, an dem Vorschlag des Abgeordneten Sternberg ist etwas dran. Wenn Ihr ein so deutliches Zeichen setzt, dazu die Zensur aufhebt, Pressefreiheit und die Einführung einer demokratischen Verfassung ankündigt, glaube ich, daß wieder Frieden und Ruhe einkehren werden."

Metternich, der den Einfluß der Erzherzogin kennt und die Gefahr, die ihm droht, ahnt, springt mit steifen Beinen vor.

„Majestät, Majestät. Wenn ich gehe, wird Anarchie, Mord und Totschlag im Lande herrschen. Das Volk wird sich erheben, das Kaiserhaus hinwegfegen. Und ich wage gar nicht daran zu denken, was in unseren Ländern Ungarn, Böhmen oder Italien passieren wird, wenn man der Journaille freien Raum läßt. Majestät", und seine Stimme wird fast weinerlich, „das wäre der Untergang!"

Die Erzherzogin blickt angewidert auf den Staatskanzler, der nun alles daransetzt, die eigene Existenz zu retten, und sei es auf einem Berg von Leichen, Blut und Tränen.

„Lieber Fürst", fährt sie ihn an, „wer war es denn, der uns in diese Lage gebracht hat? Ihr, mit Eurer Bespitzelung des Volkes, mit der Unterdrückung jeglicher gesunder Kritik an Mißständen. Und was haben wir jetzt: Aufruhr, Mord, Totschlag. Nein — ich fühle, daß der Vorschlag Sternbergs der einzige Weg ist, unsere Landsleute wieder zur Ruhe zu bringen. Nehmt Euren Hut, Herr Staatskanzler."

Diese letzten Worte schreit sie geradezu heraus.

„Aber", so stammelt der nun völlig gebrochene Metternich, dem klar ist, daß er sein Spiel verloren hat, „wo soll ich denn hin? Wenn ich auf die Straße gehe, wird mich der Pöbel umbringen!"

Was eine glatte Lösung unserer Probleme wäre, denkt sich Sternberg im stillen und hat plötzlich einen

Einfall: „Wenn Exzellenz möchten, könnte ich ihm die Flucht nach England ermöglichen. Ich spreche heute noch mit dem Bankier Rothschild, der Euch mit dem nötigen Kleingeld ausstatten wird, damit“, und hier bekommt Sternbergs Stimme einen ironischen Unterton, „damit Ihr nicht darben müßt im feuchten England.“

In den Mienen der Anwesenden spiegelt sich Erleichterung. Nur der Kaiser ist noch unentschlossen und blickt nachdenklich zu Boden. Was die Erzherzogin zum Anlaß nimmt, unbeobachtet von den anderen, den Monarchen mit ihrem Ellenbogen zu stoßen. Und ohne, daß die anderen einen Ton hören, zischt sie aus ihrem Mundwinkel: „Nun, sag was, Ferdl!“

Der Kaiser von Österreich scheint durch diese burschikose Aufforderung aus seiner Lethargie zu erwachen, gibt sich einen Ruck und spricht mit völlig ungewohnter Schärfe: „Fürst, Sie werden noch heute unterzeichnen und im Nebel Englands verschwinden.“

Metternich sackt zusammen, sein Antlitz wirkt um Jahrzehnte gealtert. Erzherzog Albrecht knallt mit den Hacken und atmet tief durch, der Präsident Gestieticz macht sich bereits Sorgen, wie er mit dem künftigen Nachfolger Metternichs zurechtkommen wird, und Ernst von Sternberg fühlt einen Stein vom Herzen fallen.

„Alles gerettet“, frohlockt es in seinem Herzen.

Ein fürchterlicher Irrtum, wie sich bald herausstellen soll. Denn noch in derselben Nacht beginnt vor dem bürgerlichen Zeughaus am Hof die Waffenausgabe. Die Bürger Wiens schließen sich zur „Nationalgarde“ zusammen, die ebenfalls bewaffneten Studenten bilden die „Akademische Legion“.

1. April 1848
Die Zensur ist tot

Ottokar Sulzer betritt zusammen mit Moritz — seinem „Schatten", wie die Kollegen den Knaben zu hänseln pflegen — das Café Niebauer in der Nähe des Kärntnertores. Als die beiden durch die gläserne Türe schreiten, wogt ihnen eine Wolke von Zigarren- und Pfeifenrauch und ein kräftiger Duft von heißem Kaffee entgegen. Es herrscht ein Stimmengewirr, das schon wahrhaft ohrenbetäubende Dimensionen erreicht. In den verwinkelten Räumen des Lokals sitzen an den kleinen Tischen oft vier bis fünf Mann, die alle durchwegs heftig gestikulieren und versuchen, den Lärm von den anderen Tischen zu übertönen.

Das Kaffeehaus, früher ein ruhiger Ort, an dem sich die Prinzipals der umliegenden Geschäfte und die bessergestellten Bürger getroffen haben, ist in der letzten Zeit zum zentralen Treffpunkt aller Journalisten Wiens geworden.

Was der Besitzer Johann Nepomuk Niebauer mit einem lachenden und einem weinenden Auge registriert: Denn einerseits haben sich die Gulden in seiner metallenen Kassa zwar beträchtlich vermehrt, andrerseits steht er nun zusammen mit seiner dreizehnjährigen Tochter Katharina von früh morgens bis spät abends im Lokal.

Und die Kundschaft ist auch nicht immer fein. Denn mit dem Jubel um die Abschaffung der Zensur und der Einführung der lang ersehnten Pressefreiheit besuchen immer mehr Journalisten, Karikaturisten, Dichter, Schriftsteller, Flugblattschreiber und Schauspielverfasser das Café. Und jeder, der auch nur einen geraden Satz schreiben kann und damit die Revolution hochleben läßt und die Regierung in unflätiger Weise beschimpft, bezeichnet sich schon als Dichter und benimmt sich dementsprechend hochmütig gegenüber dem armen Kaffeesieder Nepomuk.

So zählt zu den Stammgästen der „Dichter“ Ludwig August Frankl, der mit seinem Lied „Die Universität“ einen ungeheuren Erfolg erlebt hat: Es wurde als Flugschrift oder in zahllosen Zeitungen in Österreich und Deutschland abgedruckt und erreichte eine Auflage von Hunderttausenden und wurde, wie Frankl nicht ohne Stolz gern vermeldet, sogar von Franz von Suppé vertont.

Oder der Herausgeber der neuen Zeitung „Die Constitution“, Ludwig Häfner. Er ist ein kleiner, buckliger Mann, voll Verbitterung und Haß, der in seinem Blatt die wildesten Artikel schreibt. Sein Zynismus macht nicht einmal vor der kleinen Kathi halt, die mit viel Mühe die zahlreichen Bestellungen der Herrn zu erfüllen trachtet.

Aber auch der Redakteur des Blattes „Der Freimüthige“, Franz Mahler, der eine Sprache wie die Arbeiter aus den Vorstädten führt und auch genauso schreibt, hat hier seinen Stammplatz. Seine „Gedanken in Hemdsärmeln“ sind derart pöbelhaft, daß sogar Häfner von ihm abrückt.

Und ab und zu erscheint auch der stille und ruhige Franz Grillparzer, ein Mitarbeiter der ebenfalls neu gegründeten „Constitutionellen Donau Zeitung“, die sich bemüht, den zahlreichen Hetzblättern und aufwiegelnden Flugblättern und Plakaten entgegenzuwirken.

Sulzer und Moritz kennen sie alle. Und wenn der Journalist auch mit den Haßtiraden mancher seiner Kollegen nicht immer einverstanden ist, so hat er als unbedingter Verfechter der Wahrheit nun auch in seinem Blatt Gelegenheit, in Kommentaren eine freiere Sprache zu führen. Obwohl Funder immer noch auch alle Kundmachungen und Verlautbarungen der Staatsmacht abdruckt, kann Sulzer doch einen frischen Wind zwischen den Zeilen wehen lassen, ohne befürchten zu müssen, daß ihm sein Vorgesetzter oder die amtliche Zensur Probleme machen wird.

„Habe die Ehre“, grüßt Sulzer, als sie eintreten, und steuert mit Moritz den Tisch an, an dem noch zwei Plätze frei sind. Dort ist der bucklige Häfner soeben in einen heftigen Disput mit einem Berichterstatter der „Constitution“ verwickelt.

„Ah, der Sulzer und sein Schatten“, begrüßt Häfner die beiden mit ironischem Lächeln. „Was gibt es Neues, Herr Amtsschreiber?“ spottet er und rückt keinen Zoll von seinem Platz ab, sodaß Moritz nahe an den übelriechenden Häfner rücken muß.

„Was soll's geben? Ist denn noch nicht genug passiert, Herr Häfner?“

„Alles viel zu wenig, Herr Amtsratsschreiber. Oder wollen Sie behaupten, daß die Auflösung der Geheimen Staatskonferenz und das jetzige provisorische Staatsministerium, in dem wir Revolutionäre nicht einmal einen Sitz haben, schon ein Erfolg ist?“

Sulzers Augen werden schmal: „Sie sind ein Revolutionär? Ah, wie interessant. Ich hab' Sie weder auf den Barrikaden noch in der Vorstadt bei den Kämpfen gesehen. Ja, Sie waren nicht einmal beim Begräbnis der Märzgefallenen am 17., wo die Menschen bis zu den Linien hinaus Spalier gestanden sind.“

Haßerfüllt zischt dieser: „Es kommt nicht darauf an, wo man der Revolution dient, sondern wie man ihr dient, Herr Kollege!“

Damit macht er eine heftige Armbewegung und schlägt der im selben Moment vorübereilenden Kathi ein volles Tablett mit vier Kaffeetassen aus der Hand. Die braune, brennheiße Brühe ergießt sich dabei über seine Hose und über Kathis Schürze, das Porzellan geht mit Krach zu Boden und zersplittert. Wutentbrannt springt Häfner auf: „Kannst du nicht aufpassen? Da, meine neue Hose ist jetzt hin, du dumme Gans."

Kathi schaut ihn aus ihren blauen Augen erschreckt an und kann nur stammeln: „Aber Euer Gnaden, ich kann doch wirklich nichts dafür, ich bin . . ."

„Halt deinen Mund", fährt Häfner sie zornblitzend an, „das wird der Vater zahlen!"

Moritz, der die kleine blonde Katharina bereits seit geraumer Zeit mag und jede nur erdenkliche Gelegenheit ausnützt, um ins Kaffeehaus zu kommen, hält es nicht mehr länger auf seinem Stuhl aus. Er springt auf, geht um den Tisch herum und beginnt, das Mädchen mit seinem Taschentuch von dem heißen Kaffee zu reinigen.

„Also sind S' mir nicht bös', Herr Redakteur, aber Sie haben hier herumgefuchtelt und dem Fräulein Kathi das Tablett aus der Hand geschlagen. Sie ist völlig unschuldig, und wenn wer zahlt, dann sind Sie's, denn ihre Schürze und die Kaffeetassen sind jetzt kaputt. Stimmt's, Herr Sulzer?"

Sulzer, einen Moment lang über den Mut des Knaben verblüfft, nickt nur und wendet sich an die anderen Kollegen, die durch die lautstarke Szene aufmerksam geworden sind: „Na klar, haben doch alle gesehen. Oder?"

Die anderen, froh, einmal dem unsympathischen Häfner eines auswischen zu können, nicken nur, was den noch mehr in Rage bringt. „Ah, der Herr Redaktionsbote! Spielt den Kavalier. Na, dir werd' ich den Marsch blasen!" verkündet er drohend.

Moritz bleibt unbeeindruckt.

„Bisher hab' ich von Ihnen nur Katzenmusik gehört, Herr Redakteur", meint er schlagfertig.

Kaum hat er den Satz ausgesprochen, folgt dröhnendes Gelächter von allen Tischen. „Ha, ha, ha. Katzenmusik, das ist wirklich gut", dröhnt der Arbeiterdichter Friedrich Ebert.

„Sulzer, dein Schatten ist nicht von schlechten Eltern!" ruft der durch seine Karikaturen bekanntgewordene und von seinem französischen Vorbilde Honoré Daumier inspirierte Joachim Benedikt.

Häfner ist, und das kommt bei ihm nicht oft vor, sprachlos. Mit hochrotem Kopf schnappt er seinen Zylinder vom Kleiderständer und stapft zur Türe. „Wir sprechen uns noch, mein Freund", zischt er und schüttelt die Faust.

Katharina Niebauer hat während des Streits Moritz nicht aus den Augen gelassen. Und wenn nicht so viele Leute um sie herum gewesen wären, würde sie ihm um den Hals fallen. So haucht sie nur ein „Dankeschön" und sieht Moritz aus ihren blauen Augen derart an, daß diesem gleich ganz anders wird.

„Also, jetzt genug", donnert Sulzer, „Kathi, bring mir einen Kaffee und dem Moritz einen Kakao. Wir haben heut noch anderes zu tun, als über den Häfner zu reden."

Sulzer setzt ungerührt nun sein Gespräch mit dem am Tische verbliebenen Berichterstatter der „Constitution", einem gewissen Hermann Geier, der sich in seiner Schreibweise nicht viel von Häfner unterscheidet, fort.

„Also, wo sind wir stehengeblieben? Ah ja — es passiert nichts. Na, ich darf doch erinnern, daß bereits am 15. März in Budapest die Revolution ausgebrochen ist und Gott sei Dank unblutig verlief. Die Regierungsgeschäfte führt dort jetzt der Graf Batthyany, die Herrn Kossuth und Graf Szechenyi sind im Kabinett. Nicht so glatt ist es in Mailand gegangen: Am 18. der bewaffnete Aufstand, natürlich von unserem bewährten Herrn Feldmarschall Radetzky in nur fünf Tagen niedergeschlagen. Die Toten, die das gekostet hat, möcht' ich nicht zählen. Na, und in Prag fordern die Revolutionäre die Einführung der tschechischen Amts- und Unterrichtssprache und einen frei gewählten Landtag. Und da sagt der Kollege, es ist nichts passiert."

Geier, dem die Ereignisse der letzten Tage zum Teil völlig neu scheinen, setzt nach: „Na und nicht zu vergessen die Vorkommnisse bei unseren deutschen Brüdern: Barrikadenkämpfe in Berlin mit unzähligen Toten, König Ludwig I. von Bayern hat zugunsten seines Sohnes abgedankt, der Preußenkönig Friedrich Wilhelm IV. hat ein liberales Ministerium ins Leben gerufen, und seit 9. März haben sie sogar anständige Bundesfarben: schwarz-rot-gold. Die Trikolore der deutschen Revolution."

„Und überall wurde die Zensur abgeschafft, und es gibt Pressefreiheit, fast im gesamten Europa. Wenn das nicht ein Erfolg ist, dann weiß ich nicht", meint Sulzer, „denn diese Herren, wie unser Häfner . . .!"

In diesem Moment wird er durch einen Schlag auf den Rücken unterbrochen, den ihm der hinter ihm sitzende Journalist Ignaz Lauterbach versetzt.

Lauterbach, bekannt dafür, daß er zu jeder möglichen und unmöglichen Situation herausplatzt, schlägt sich auf die Schenkel, hält Sulzer die „Donau-Zeitung“ hin und meint nur johlend: „Also Kollege, das mußt du lesen! Was der Herr Grillparzer da zum besten gibt.“

Als Sulzer nach dem Blatt greift, entreißt es ihm der andere wieder und johlt: „Nein, das muß ich vorlesen! Hört her: ‚Übrigens war es die lustigste Revolution, die man sich denken kann. Vom schönsten Frühlingswetter begünstigt, bewegte sich die ganze Population den Tag über auf den Straßen. In der Nähe der kaiserlichen Burg angekommen, die indessen mit Militär und Kanonen besetzt worden war, erhob die Menge ein lautes Jubelgeschrei, sodaß die im Inneren Abgeschlossenen glaubten, es gehe an ihr Leben, und alles bewilligten, was einzelne Unverschämte, die sich als Deputierte darstellten, nur irgend zu begehren, Lust hatten. Überhaupt war es Mode geworden, daß jeder, dem es beliebte, in die Burg Einlaß zu begehren, dort in den Tisch schlug und den Erzherzogen Grobheiten sagte.‘

Also, was sagt's ihr dazu? In den Tisch schlug! Also nein, dieser Grillparzer. Aus dem wird auch nie ein ordentlicher Schreiber werden!“

26. Mai 1848
Eine gemütliche Revolution

Es ist heiß an diesem Tag in Wien. Die Hitze liegt wie eine schwere Glocke über den engen Gassen der Innenstadt, der Gestank von Küchendünsten, Pferdemist, Urin und Kot vermischt sich mit jenen Dämpfen, die aus den Handwerksbetrieben aufsteigen.

In der Redaktionsstube des Wiener Tagblatt ist die

Luft zum Schneiden, der Rauch aus der Virginia des Chefredakteurs Funder steht unbeweglich im Raum. Schweißüberströmt stehen er und Ottokar Sulzer über die halbfertigen Seiten des Blattes gebeugt. Sulzer wischt sich mit der Hand über die Stirne, was einen schmierigen, schwarzen Streifen hinterläßt, und seufzt: „Wer soll denn diese geschwollenen Sätze verstehen. Das muß doch erst dem gewöhnlichen Volk übersetzt werden."

Gegenstand seines Unmuts ist das „Manifest an meine Völker" des Kaisers, der heimlich bei Nacht und Nebel am 17. Mai zusammen mit seiner Familie nach Innsbruck geflüchtet ist und hier nun aus sicherer Entfernung Aufrufe und Manifeste verfaßt.

„Hören Sie sich das an", meint er zu Funder gewandt, „was da alles drin steht: ‚Mir ist der Gedanke fern, die Geschenke, welche ich meinem Volke in den Märztagen gemacht habe und deren natürliche Folgerungen zurückzunehmen oder schmälern zu wollen. Ich werde im Gegenteil geneigt sein, den billigen Wünschen meiner Völker im gesetzlichen Wege Gehör zu geben und den nationalen und provinziellen Interessen Rechnung zu tragen, nur müssen solche sich als wirklich allgemein bewähren, in legaler Weise vorgetragen, durch den Reichstag beraten und mir zur Sanktion vorgelegt werden; nicht aber mit bewaffneter Hand von einzelnen ohne Mandat erstürmt werden wollen' . . . möcht' bloß wissen, welche Geschenke er meint?"

„Na sicher doch den Verfassungsentwurf, den unser hochwohlgeborener Regierungschef Franz Freiherr von Pillersdorf ausgearbeitet hat. Immerhin ist da die Neuordnung der Gemeinden und Glaubens- und Gewissensfreiheit verankert", antwortet Funder, ohne einen Blick von den bleiernen Lettern zu nehmen.

„Die ist doch ohne Mitsprache der Volksvertretung zustandegekommen“, setzt Sulzer leicht aufgebracht fort, „und sofort von Studenten und Liberalen als ‚oktroyierte Verfassung‘ abgelehnt worden.“

„. . . und von allerhöchster Seite doch zurückgenommen worden.“ ergänzt Funder ruhig.

„Ja, aber erst nachdem die Nationalgarde, die Studenten und die Arbeiter wieder einmal scharfgemacht haben und ihre sogenannte ‚Sturmpetition‘, in der sie einen Reichstag verlangten, der aus freien Wahlen hervorgehen soll, in der Hofburg mit viel Krach eingebracht haben. Sonst hätten wir doch nach wie vor diese Pillersdorfsche Verfassung, die keiner will“, entgegnet Sulzer heftig.

Funder macht einen tiefen Zug aus seiner stinkenden Zigarre, schaut Sulzer an und meint mit abschätziger Handbewegung: „Hör'n S' mir doch auf mit dem. Die Leut' wissen doch selbst nicht, was sie wollen. Als sie erfahren haben, daß der gute Kaiser abgerissen ist, haben alle gejammert um ihn, und wie unser guter Kollege Häfner von der ‚Constitution‘ die Republik ausgerufen hat, wär' er von der aufgebrachten Menge fast gelyncht worden. Und auf der anderen Seite sind in diesem Monat fast sechsundzwanzig neue Zeitungen entstanden, vom ‚Wiener Charivari‘ über'n ‚Radikalen‘ bis zum ‚G'radaus‘, die am liebsten eine Anarchie möchten. Können Sie mir sagen, was das Volk will?“

„Ich glaub', sie wollen endlich Ruhe haben“, entgegnet Sulzer etwas resignierend.

In diesem Moment wird die Türe aufgerissen, und der Redaktionsbote Moritz stürmt herein. Atemlos wendet er sich an die beiden Männer, die sich verwundert nach dem Knaben umdrehen.

„Am Michaelerplatz, vor der Universität, überall, überall in Wien werden“, er holt tief Luft, „werden Barrikaden errichtet. Die Nationalgarde und die Akademische Legion haben zum Kampf aufgerufen, ganz Wien ist wieder außer Rand und Band!“

„Ja sind denn die verrückt geworden, diese narrischen Teufel“, beginnt Funder zu fluchen. „Die Zeitung ist schon fast fertig, und jetzt kommen s' mit dem Blödsinn. Soll ich wieder von vorn anfangen? Das hat's ja nicht einmal im fünfzehner Jahr gegeben!“ Denn nichts haßt Funder mehr, als eine fertige Zeitung umzustoßen, um aktuell bleiben zu können.

„Geh, Sulzer, nehmen S' Ihren Schatten und schauen S' zur Universität, was da wieder los ist. Der Moritz soll mir dann die ersten Berichte von Ihnen übermitteln, ich halt' inzwischen auf der Seite eins einen Platz frei.“

„Dann los“, zögert Sulzer keinen Augenblick, wirft seinen Stecher, der zum Bearbeiten der Bleilettern dient, auf den Tisch, packt seinen Überzieher und tritt mit Moritz auf die von der Frühlingssonne aufgeheizte Straße.

„Das wird wieder ein heißer Tag“, meint er nur vieldeutig zu Moritz, der getreulich hinter ihm hertrottet.

Als sie sich aus allen Poren schwitzend der Universität nähern, hören sie schon von weitem die bereits bekannten Gesänge, Kampfesrufe und das obligate Geschrei der Revolutionäre. Und wenig später sehen sie auch schon die Barrikade. Sie ist aus Pflastersteinen, Holzkisten und Fässern errichtet, gut an die vier Meter hoch und wird immer noch durch Steine, die zahlreiche Leute mit Spitzhacken aus dem Boden reißen, verstärkt.

Am höchsten Punkt der Barrikade steht eine Frau, die eine Fahne schwenkt und mit schrillen Tönen immer wieder „Freiheit, Freiheit“ schreit, neben ihr — ebenfalls mit einer Fahne in der Hand — ein Mann der Nationalgarde und ein mit hektischen Flecken im Gesicht versehener Kämpfer der „Akademischen Legion“.

Moritz kennt diese beiden bewaffneten Einheiten recht gut auseinander, denn die Mitglieder der Nationalgarde haben einen hohen Tschako mit Federbusch am Kopf, die der „Akademischen Legion“ tragen zumeist Schlapphüte mit Kokarden und Hahnen- oder sonstigen Federn.

Daneben hat sich noch eine Art von Barrikaden-Mode entwickelt, die Moritz schon öfters beobachtet hat: den „Hut mit Einreihungskarte zur Nationalgarde“, die „Barrikaden-Kappe“, den „Barrikaden-Strohhut“, die „Schlafhaube“ oder den „Calabreser“. Wie überhaupt an dieser Barrikade eine Art Volksfest stattzufinden scheint: Aus einem Faß wird in blechernen Krügen Rotwein ausgeschenkt, die johlend von Hand zu Hand gehen, im Schatten des Steinhaufens haben es sich einige der „Kämpfer“ gemütlich gemacht und spielen lauthals ein Würfelspiel. Neben einer Pyramide von zusammengestellten Spaten trommelt ein Nationalgardist einen undefinierbaren Marsch, und vor einer Abordnung frischgebackener Studenten, die bis an die Zähne bewaffnet sind, flanieren Weiber, die ebenfalls schwere Büchsen über der Schulter haben.

Als Sulzer und Moritz inmitten dieser skurrilen Szenerie ankommen, springt plötzlich einer der Akademiker, der auf ein Blatt Papier gekritzelt hat, auf und ruft: „Brüder! Brüder! Mein Barrikaden-Lied ist soeben fertig geworden. Erlaubt mir, daß ich es euch vortrage."

Und mit Feuereifer erklimmt Adolf Buchheim, ein Jusstudent, die Barrikade. Doch nur wenige Interessierte wenden den Kopf nach dem Mann, der nun anhebt, mit lauter und getragener Stimme zu deklamieren:

„Frisch auf! Frisch auf! Ihr Kameraden!
Frisch auf! Verfertigt Barrikaden!
Wir dulden keine Knechtschaft mehr!
Bringt Bretter und auch Balken her!
Nur nieder mit den Aristokraten!
Bringt Schaufeln her und scharfe Spaten!
Wir gehn nicht mehr am Gängelband!
Seid auch mit Hacken schnell . . ."

Johlendes Gelächter bricht aus, Buh-Rufe, Pfeifen und fürchterliches Geschrei folgen.

„Komm runter, Bürscherl", brüllt ein grobschlächtiger Nationalgardist, „das können wir schon nimmer hör'n!"

„Singen wir ein ordentliches Lied", brüllt ein anderer, und plötzlich stimmen einige Studenten die Marseillaise, das Kampflied der Französischen Revolution, an.

Der Nationalgardist, ein bulliger Fleischhauer aus Fünfhaus, ist damit nicht einverstanden und beginnt seinerseits die „Kaiserhymne" zu singen, in die mehrere seiner Kameraden einstimmen.

Ottokar Sulzer, mitten drin in den Dissonanzen zwischen beiden Musikstücken, schüttelt den Kopf und ruft Moritz im wogenden Lärm nur zu: „Und damit wollen die eine Revolution gewinnen!"

Moritz hat sich mittlerweile in der Menge, die auf gut vierzig Personen angewachsen ist, umgesehen und sogar einige Bekannte entdeckt. Da ist natürlich unter den Studenten der unermüdliche Kämpfer für ein freies Ungarn, Lajos von Bolvary, zu sehen, der sich mit einigen Landsleuten unterhält. Neben ihm kaut das Mitglied der „Akademischen Legion" Karl von Auersperg an seinem Brot, und im Schatten der Barrikade lädt mit blitzenden Augen Student Kaspar Wolf seine schwere Büchse mit zerhacktem Blei, um im Falle eines Falles einen Schuß gegen die verhaßten kaiserlichen Soldaten abgeben zu können.

Zu seiner Überraschung entdeckt Moritz auch den gemütlichen Kaffeesieder Johann Nepomuk Niebauer, der den obligaten Hut mit Einreihungskarte trägt und bei jedem Schritt über den umgebundenen Säbel stolpert.

Plötzlich wird jedoch Moritz aus seinen Betrachtungen gerissen, als neben ihm eine dröhnende Stimme ruft: „Na gibt's denn sowas. Moritzl, bist das du?"

Der Maurer Johann Wagner, jener Mann, der in den Februartagen beim Bau der Altlerchenfelder Kirche den kleinen Friedl gegen die Brutalität des nunmehr ums Leben gekommenen Vorarbeiters Xaver geschützt hat, steht vor ihm. Auf dem Kopf trägt er eine Barrikadenkappe, an der ein Zettel mit der Aufschrift befestigt ist: „Wir verlassen nicht eher die Barrikaden, als bis das Militär für immer von Wien abzieht. Wir wollen nicht gehetzt werden!"

„Herr Johann", ruft Moritz erstaunt aus, „was machen denn Sie da?"

„Auch wir Arbeiter können uns nicht mehr ausschließen“, antwortet der Maurer in mühsamem Hochdeutsch. „Wir haben uns entschlossen, den gerechten Kampf der Bürger und Studenten zu unterstützen!“

Moritz ist über die unerwarteten Worte des Arbeiters dermaßen verblüfft, daß er im Moment kein Wort herausbringt. Doch dann wird er plötzlich durch eine Gestalt am Rande der Barrikade abgelenkt, die leichtfüßig mit zwei vollen Krügen Wein über die Steine balanciert.

„Entschuldigen Sie, Herr Johann“, stößt er hervor, „ich bin gleich wieder da.“

Mit ein paar Sätzen ist er bei ihr und ruft: „Kathi, du hier? Ja, weißt du denn nicht, daß das sehr gefährlich sein kann?“ Und gleichsam als Bestätigung beginnt sein Herz schneller zu schlagen. Wobei ihm allerdings nicht ganz klar ist, ob aus Angst vor der Gefahr oder weil er Kathi getroffen hat.

Sie blickt erfreut auf. Unter einer Studentenkappe schauen ihre blonden Locken hervor, und nervös zupft sie an ihrem roten, getupften Halstuch.

„Der Herr Vater hat mich mitgenommen und gesagt, ich soll helfen. Es wird schon nicht so riskant sein, meint er. Und was soll ich denn tun im leeren Kaffeehaus, wo doch alle Leut’ auf der Straße sind.“

Moritz erinnert sich an das Vorgehen des Militärs bei der Tabakfabrik und in der Herrengasse mit Schaudern, und es steigt ihm bei dem Gedanken, Kathi in Gefahr zu wissen, heiß auf. Unruhig späht er durch eine Lücke in der Barrikade: „Du mußt weg hier. Du hast keine Ahnung, was passiert, wenn die Soldaten kommen. Ich sag’s dem Herrn Sulzer, daß ich dich heimbring’.“

Der Berichterstatter des Wiener Tagblatt hat jedoch im Moment andere Sorgen. Er muß seinen Artikel verfassen und ihn zeitgerecht ins Blatt rücken, und dazu benötigt er erst einmal Auskünfte.

Und als nun endlich der Liederwettkampf der beiden Parteien in einem Mißton erstirbt, ergreift er die Gelegenheit und ruft: „Wo ist denn hier der Kommandant dieses Haufens, damit ich mit ihm reden kann!“

Drei Männer erheben sich von ihren Plätzen und gehen auf den Journalisten zu: Kaspar Wolf von der Akademischen Legion und Mitglied des Geheimbundes „Schwarze Hand“ sowie der Fleischhauer Gustav Braumüller aus Fünfhaus, hundert Kilo schwer und Mitglied der Nationalgarde und der Maurer Johann Wagner, seit zwei Tagen Verbündeter der Aufständischen und zum Sprecher der Arbeiter bestellt.

Als die drei vor Sulzer stehen, stellt sich dieser vor und meint knapp: „Wer von Ihnen, meine Herren, hat hier das Kommando?“

Wie aus einem Munde antworten alle drei: „Ich!“

Sulzer, leicht verwirrt, wehrt mit einer knappen Handbewegung ab : „Also so geht's nicht. Sie müssen einen aus Ihrer Mitte zum Sprecher bestellen, der mir klipp und klar sagen kann, worum es hier geht. Ich brauch' das für meine Zeitung.“ Nachdem sich die drei ein wenig ratlos angesehen haben, ergreift der Student Wolf das Wort, was von den beiden anderen widerspruchslos akzeptiert wird.

„Wie Sie wissen, Herr Berichterstatter, hat die Regierung beschlossen, die Akademische Legion aufzulösen. Da dies das Volk nicht zulassen kann, haben sich die Arbeiter und Bürger mit uns verbündet, um diesen Plan, angestiftet von den Verrätern des Vaterlandes, dem Graf Montecucolli und Graf Colloredo, zu vereiteln! Daneben hat sich ein Sicherheitsausschuß gebildet, der unter dem Vorsitz von Dr. Fischhof steht und der in öffentlichen Verhandlungen dafür sorgen wird, daß unsere Forderungen anerkannt werden."

„Und wie lange wollen Sie an den Barrikaden ausharren?"

„So lange, bis das Volk sein Recht erlangt hat."

„Und wenn die Regierung wieder das Militär einsetzt, um den Aufruhr niederzuschlagen?"

„Dann werden wir", und Wolf erhebt seine Stimme, „bis zum letzten Blutvergießen kämpfen. Freiheit oder Tod!"

Die letzten Worte schreit der Sprecher der Revolutionäre förmlich hinaus, sein Ruf wird von den Umstehenden aufgefangen und pflanzt sich fort.

Die Frauen beginnen zu kreischen, die Nationalgardisten werfen ihre Hüte in die Luft, und selbst der Kaffeesieder Niebauer läßt sich von der allgemeinen Hysterie anstecken und geht völlig aus sich heraus:

„Wer verläßt die Barrikaden, den nehme Gott nicht auf in Gnaden!" brüllt er, wobei er verschämt den Text des Barrikaden-Liedes des Studenten Buchheim hinter seinem Rücken verschwinden läßt.

Sulzer kennt die Mechanismen derartiger Massenhysterie und weiß, daß es zwecklos ist, noch weitere Worte zu verlieren. Die Zeit drängt, er muß seinen Bericht verfassen, und so befiehlt er Moritz: „Komm, wir gehen zurück. Länger zu warten hat keinen Zweck."

Damit wendet er sich um und bahnt sich einen Weg durch die jubelnde Masse, die eben ein Lied anstimmt. Moritz verharrt jedoch.

„Was ist, worauf wartest du noch?"

„Ich geh' nicht ohne Kathi", erklärt Moritz bestimmt, „wenn die Soldaten kommen, gibt's wieder Tote. Sie muß weg von hier."

„Ich glaub', du bist narrisch . . ." Doch dann hält er inne. Denn Moritz' Wangen färben sich bis über beide Ohren rot. Aber Sulzer ist auch klar, daß das Mädchen ohne seinen Vater nicht gehen würde. Da er allerdings Niebauer als Mann einschätzt, der mehr vom Geld als von der Revolution hält, fällt ihm bald eine Idee ein, wie man beide weglotsen könnte. Außerdem schüttelt es ihn bei dem Gedanken, den Kaffeesieder, der wirklich den besten Kaffee in Wien zubereitet, von einer verirrten Kugel hinweggerafft zu sehen und womöglich im Café Central, in dem es nur heißes, untrinkbares Gesöff gibt, verkehren zu müssen.

„Also, suchen wir die beiden, und dann nichts wie weg von hier."

Moritz entdeckt auch kurz darauf den Kaffeehausbesitzer. Er sitzt zusammen mit seiner Tochter auf einer Holzkiste und wischt sich den Schweiß von der Stirne.

„Herr Niebauer", hebt Sulzer mit einem befehlenden Unterton an und tritt auf den beleibten Mann zu: „In der Revolution hat jeder seinen Mann zu stehen an dem Orte, an dem er am meisten gebraucht wird!"

„Jawohl, Herr Sulzer", antwortet blitzschnell der Lokalbesitzer und macht eine eher verwischte Handbewegung, als wollte er salutieren. „Deswegen bin ich ja auch hier!"

„Nun, mein Guter, aber hier ist nicht der richtige Ort. Denn in Kürze werden sämtliche Berichterstatter der Residenzstadt in Ihrem Kaffeehaus eintreffen und vor leeren Tischen sitzen. Ich befehle Ihnen also im

Namen des vereinigten Revolutionstribunals" — und dabei muß Sulzer innerlich lächeln, als sich der Angesprochene strafft —, „sich unverzüglich in Ihr Kaffehaus zu begeben, um Ihr köstliches Getränk zu brauen, damit schwer arbeitende Menschen wie mein Kollege Moritz Michael Kuppelwieser und meine Wenigkeit einen Lichtblick in dieser trostlosen Welt haben!"

Niebauer, einerseits erleichtert, von diesem Ort, wo jeden Moment die Kugeln pfeifen könnten, loszukommen, andrerseits durch den befehlenden Ton des Journalisten eingeschüchtert, zögert keinen Moment.

„Jawohl, zu Befehl, Herr Sulzer. Ich werde mich unverzüglich hinwegbegeben. Komm Kathi, wir müssen dem Vaterland an anderer Stelle dienen."

Damit packt er seine Tochter an der Hand, rafft seine Weinkrüge zusammen und drängt sich durch die Menge, die nun schon bereits angetrunken und von Revolutionstaumel schwindlig immer unverständlichere Parolen schreit.

Kathi dreht sich nur kurz um, winkt Moritz mit einem Lächeln, daß dieser meint, die Knie würden ihm versagen, und verschwindet in der Menge.

„Na, wie hab' ich das gemacht?" zwinkert Sulzer Moritz zu, der am liebsten einen Freudenschrei ausstoßen würde.

„Also, also . . . Euer Gnaden sind für mich der Größte!" kann er nur stammeln.

„Den Größten kannst mich ruhig nennen", erwidert Sulzer, „wenn du aber noch einmal ‚Euer Gnaden' zu mir sagst, hast beim Café Niebauer Lokalverbot und siehst deine Kathi nie wieder!"

Mit dieser gefährlichen Drohung wendet er sich um und macht sich auf den Weg in die Redaktion.

Drei Tage später werden die Barrikaden abgetragen, das Militär rückt nicht aus, und diese neuerliche Erhebung verläuft ohne Blutvergießen.

Diesmal noch.

1. Juli 1848
Nestroy feiert Triumphe

Johann Nepomuk Nestroy, siebenundvierzig Jahre alt, ehemaliger Opernsänger, nunmehr Stückeschreiber und bekannter Schauspieler von Wien, blickt besorgt durch das Guckloch der Bühne im nun knapp vor sechs Monaten eröffneten Carl-Theater. Der Zuschauerraum füllt sich mit dumpfem Gemurmel, das Haus ist heute, zur Premiere von Nestroys jüngstem Stück „Freiheit in Krähwinkel" ausverkauft.

Er hat einen Erfolg bitter notwendig. Wohl sind im letzten Jahr seine Stücke „Der Zerrissene" und die „Schlimmen Buben in der Schule" beim Publikum voll angekommen, und er sowie sein Komikerkollege Wenzel Scholz sind frenetisch gefeiert worden. Nur im heurigen Jahr ist es noch nicht besonders gelaufen. Seufzend erinnert sich Nestroy an die Posse „Martha oder die Mischmonder Markt-Mägde-Mietung", die beim Publikum und bei den Zeitungen glatt durchgefallen ist. Oder an das vor neun Tagen aufgeführte Stück „Die Anverwandten". Da hat das Publikum sogar in Sprechchören gefordert, er solle für das mißlungene Stück öffentlich Abbitte leisten. Was er natürlich nicht getan hat, sondern es einem Kollegen überließ, an der Rampe eine Entschuldigung vorzutragen.

Dazu sitzt ihm auch noch der Theaterdirektor Karl Carl im Nacken, der seine Stückeschreiber und

Schauspieler auspreßt wie eine Zitrone und sie noch zu Reklamezwecken mißbraucht. So hat er sich doch, erinnert sich Nestroy grimmig, glatt von den Nationalen zum Bezirkskommandanten der Jägerzeile ernennen lassen und seine Schauspieler, ausgerüstet aus dem Theaterfundus, im vollen Waffenschmuck auf der Ferdinandsbrücke exerzieren lassen. Ein Schauspiel, das sich die vergnügungssüchtigen Wiener jedenfalls nicht entgehen ließen, vor allem nicht, weil sie ihre Lieblinge, den langen Nestroy und den dicken Scholz, einmal außerhalb der Bühne agieren sahen.

Er hat jedenfalls alles in das Stück hineingepackt, was die Leute in der letzten Zeit bewegt: die romantisch-komische Seite der Revolution, die Eitelkeit der Kleinbürger, die Angst vor dem Proletariat und natürlich den beißenden Spott über das alte Regime. Damit verbunden, was das Wiener Publikum so liebt: Verkleidungsszenen, Intrigen, falsche Schriftstücke . . .; allein die Namen sprechen schon Bände: Reakzerl Edler von Zopf, Frau von Frankenfrei, Pemperl und — die Rolle, die er selbst übernommen hat: Ultra Eberhard!

Nestroy spürt, wie sich von hinten eine Gestalt herandrängt, um ebenfalls durch das Vorhangloch zu sehen: Jeanette Schmidt-Demmer, die die Rolle der Emeranzia spielt, blickt ihn fragend an.

„Wie schaut's aus. Werden wir voll sein?"

„Selbstverständlich, Jungfer Emeranzia", hänselt sie der Schauspieler. „Heute werden wir noch einen Triumph erleben!" Womit er sie in die Wange kneift, auf dem Absatz kehrt macht und sich in die Garderobe begibt.

Die Schauspielerin blickt nun selbst durch das Guckloch, und tatsächlich — das Theater füllt sich zügig, und in den ersten Reihen kann sie zahlreiche Prominente des öffentlichen Lebens erkennen.

„Sogar der Herr Reichstagsabgeordnete von Sternberg ist da“, meint sie erstaunt, „na, der wird Augen machen!“

Gerade als er sich auf seinen Platz niederlassen will, bemerkt er in seinem Entsetzen, daß neben ihm sein „Freund“, der beleibte niederösterreichische Landtagspräsident Gestieticz, sitzt.

Ein verpatzter Abend, denkt sich Sternberg und erinnert sich an das Gewäsch des Präsidenten, der sich übrigens mit dem Nachfolger Metternichs blendend versteht.

„Oh, meine Verehrung, Herr Abgeordneter“, begrüßt der Dicke ihn ölig, „haben S’ schon gehört: Am 18. Mai hat sich die Nationalversammlung in der Frankfurter Pauluskirche konstitutiert. Und unseren Erzherzog Johann haben s’ zum ‚unverantwortlichen Reichsverweser‘ gemacht. Na, wenn das nicht der Weg zum deutschen Einheitsstaat ist, dann weiß ich nicht.“

Von Sternberg, der keinerlei Lust verspürt, sich mit dem Präsidenten zu unterhalten, meint nur kurz angebunden: „Werden sehn, werden sehn.“

Was der Präsident übergangslos weiterspinnt: „Werden sehen, was uns der geschätzte Herr Nestroy heute wieder zumutet. Was sich diese Schmierer nach Aufhebung der Zensur erlauben, ist ja wirklich nicht mehr feierlich. Isn’t it? Wenn das der Metternich sehen könnte.“

Damit setzt er zu einem Kichern an, wuchtet seine fleischigen Arme dermaßen in den Sitz, daß Sternberg unangenehm berührt abrückt und seine Umgebung zu mustern beginnt. Tatsächlich ist heute alles, was

Rang und Namen hat, im Carl-Theater versammelt. Darunter natürlich auch sämtliche Vertreter der Wiener Zeitungen, deren Flut im Laufe des Mai noch weiter angeschwollen ist.

Auch Ottokar Sulzer ist heute mit seinem Schatten Moritz hier. Er blickt sich unbehaglich um, denn die Herren Berichterstatter der neuen Blätter sind so gar nicht nach seinem Geschmack.

„Ganz schön stark vertreten, die Wiener Journaille", flüstert er Moritz zu, der zum ersten Mal in seinem Leben in einem Theater — und dementsprechend aufgeregt ist.

In der Reihe vor ihm sitzt der kleine bucklige Häfner von der „Constitution", dem kein Stück radikal genug sein kann; neben ihm lümmelt in seinem Sitz der Schreiber Mahler, der auf derselben Linie mitschwimmt, und zwei Reihen weiter ist Friedrich Siebenthaller vom Blatte „G'radaus" zu sehen. Dieser hat mit seinen kleinen Wägelchen, von denen aus er sein Hetzblatt zu verkaufen pflegt, unter den Wienern Furore gemacht, und sein „wanderndes Büro" ist stadtbekannt.

Unter den Leuten erkennt Sulzer auch noch die Berichterstatter des „Wiener Charivari", das „Politische Tageblatt für Spott und Ernst mit Karikaturen", wie der Untertitel lautet, des „Radikalen" und des „Politischen Studenten Courier".

Als sich Sulzer eben gemütlich ausstrecken will, drängt sich eine Gestalt durch die Reihen und preßt sich neben ihm in den Stuhl: Es ist Christoph Martin Wiesler, der Herausgeber jener Zeitung, die gerüchteweise in den nächsten Tagen auf den Markt kommen soll. Sulzer begrüßt ihn und fragt: „Na, Wiesler, wie schaut's denn aus mit Ihrem Blatt?"

Was den für seinen Hochmut bekannten Zeitungsmacher zu einem Schnauben reizt, wobei er von oben herab antwortet: „Unser Blatt, ‚Die Presse', wird am 3. Juli erscheinen und sich von allen anderen Schmierblättern dieser Stadt deutlich unterscheiden."

Ein Ausspruch, den der vor ihnen sitzende Häfner natürlich sofort auf sich bezieht. Er dreht sich um und meint nur gehässig: „Wenn Sie nur nicht den Kopf verlieren, so wie Ihre Kollegen von der Wiener Zeitung!"

Dabei spielt er auf den Zeitungskopf der „Wiener Zeitung" an, in dem nämlich am Montag, dem 29. Mai 1848, der durch Jahrzehnte aufgedruckte Doppeladler und der Titel „Österreichisch Kaiserlich privilegierte" gefehlt hat, weil die Chefs Heyssler und Stubenrauch ihre revolutionäre Gesinnung ausdrükken wollten. Doch am nächsten Tag haben sie sich schon dafür entschuldigt und wieder brav ihren Vogel auf der Titelseite gedruckt.

Sulzer, dem die beiden maßlos auf die Nerven gehen, kann sich nicht mehr zurückhalten: „Lieber einen Vogel auf der Zeitung als anderswo!" erklärt er nur kurz und bissig.

Häfner springt auf und öffnet den Mund, um eine seiner gewohnten Haßtiraden vom Stapel zu lassen. In diesem Moment verlöscht das Licht im Zuschauerraum, und der Vorhang geht auf. Der Journalist, der immer noch steht, bekommt sofort den Unmut des nicht allzufeinen Wiener Publikums aus den hinteren Reihen zu spüren.

„Dein Vater ist kein Glaserer!" rufen die hinter ihm Sitzenden, und Häfner muß notgedrungen Platz nehmen. Innerlich schwört er sich, es diesem Sulzer heimzuzahlen.

Bereits nach dem ersten Akt des Stückes spürt der Vollblutschauspieler Johann Nepomuk Nestroy: Das ist heute unser Tag! Schon bei den oftmaligen Abgängen — Nestroy muß sich als Proletarier, als Liguriianer, russischer Fürst und als Metternich verkleiden — sagt er seinen Kollegen hinter der Bühne immer wieder: „Buben, heute sind wir ganz groß."

Und die Zuversicht des langen Nestroy hat alle anderen angesteckt, denn sie sind mit Feuereifer dabei. Der dicke Wenzel Scholz, der den Klaus spielt, erntet bei jedem Auftritt allein schon Lachsalven. Heinrich Moritz, der sonst gerne zwischen seinen Auftritten einen Schluck nimmt, hat noch keinen Tropfen getrunken. Und Johann Baptist Lang spielt den Nachtwächter in geradezu himmlischer Weise. Die Damen Jeanette Schmidt-Demmer und Katharina Herzog sind vor Spieleifer völlig aufgelöst und in ihren rauschenden Röcken zu Lieblingen des Publikums geworden. Und nun, im dritten Akt und 22. Auftritt, kommt es zu den allseits beliebten Couplets, in denen Nestroy die wichtigsten Schauplätze der Revolution in Europa betrachtet und die immer schon als Höhepunkt seiner Stücke angesehen wurden. Wobei er es sich natürlich nie nehmen läßt, diese Lieder selbst vorzutragen.

Danach verwandelt sich der Saal des Carl-Theaters zum Hexenkessel. Die Zuschauer springen von den Sitzen, applaudieren, stampfen mit den Füßen, „Freiheit"-Rufe werden laut.

Und als das Stück zu Ende geht und die Schauspieler die erste Strophe der Volskhymne „Was ist des Deutschen Vaterland" singen, steht das Publikum auf den Stühlen und fällt in das Lied ein.

Wildfremde Sitznachbarn umarmen einander,

manche haben Tränen in den Augen, und der Applaus ist derart anhaltend, daß das gesamte Theaterensemble — natürlich hat sich Direktor Karl Carl dazwischengedrängt — fünfundzwanzigmal vor den Vorhang muß.

Moritz erwacht wie aus einer Trance und spürt tief im Inneren eine Bewegung, die er zuvor niemals wahrgenommen hat. Ein Kloß im Halse macht es ihm unmöglich, die Worte hervorzustoßen, die er sagen möchte, und er krächzt nur ein „Danke, Herr Sulzer, daß Sie mich mitgenommen haben" heraus. Allerdings reagieren nicht alle mit derart heftiger Freude auf diese Posse. Es gibt auch angewiderte Gesichter unter den Zuschauern, die nach dem letzten Vorhang nur den Kopf schütteln. Einer von ihnen ist der Berichterstatter der „Presse", der den verblüfften Sulzer anfährt: „Ist denn die Freiheit ein Stoff für eine Parodie? Der Kampf um das heiligste und heiligendste Gefühl. Dieser Nestroy zieht es in den Schmutz. Das kann man nie und nimmer zulassen!"

Zwei Tage später stampft derselbe das Stück Nestroys in der Nummer 1 der Tageszeitung „Die Presse" in einer Kritik in Grund und Boden.

12. August 1848
Der Kaiser kehrt zurück

Durch die geöffneten Fenster der Staatskanzlei des Innsbrucker Schlosses dringt Vogelgezwitscher, Schatten liegt über dem weitläufigen Park, und die glühende Mittagshitze ist einem angenehmen Luftzug gewichen.

Kaiser Ferdinand I. hat einen bequemen Lodenrock angelegt, auf jegliche Orden und Rangabzeichen verzichtet und lümmelt geradezu in einem bequemen Lehnstuhl. Im Halbkreis haben sich mehrere Personen versammelt, die er sich zur Berichterstattung über die aktuelle Lage aus Wien kommen ließ.

Steif und aufrecht, ohne mit einer Wimper zu zukken und mit Blicken wie ein Stockfisch steht Kriegsminister General Theodor Graf Baillet von Latour vor seinem obersten Kriegsherrn; neben ihm tritt Justizminister Ludwig Graf von Taaffe von einem Bein auf das andere, da er sich ziemlich unbehaglich fühlt; einen Fußbreit neben ihm in bequemer Haltung der Oberkommandierende der Armee in Wien, Anton Alexander Graf Auersperg, der sich noch keinen Reim auf diese überraschende Zusammenkunft machen kann. Und einen Schritt dahinter und sichtlich erregt mit den Händen an der Hosennaht der Oberkommandant der Nationalgarde Oskar Pannasch, der den Monarchen zum ersten Mal in seinem Leben von Angesicht zu Angesicht kennenlernt.

Plötzlich klopft es an der Tür. Nach dem „Herein“ meldet der Lakai den Reichstagsabgeordneten Ernst von Sternberg, was allgemein Überraschung auslöst. Denn niemand hat mit seinem Kommen gerechnet. Nach dessen Eintreten beginnt der Monarch, über dessen Nasenwurzel sich eine kleine Unmutsfalte abzeichnet, zu sprechen: „Meine Herren, wie Sie ja wissen, bin ich gegen meine Überzeugung hier im Exil. Man hat mich unter Vorspiegelung falscher Tatsachen und in dem Glauben, nur eine Spazierfahrt zu unternehmen, hierher entführt.“

Damit blickt er zu seiner Cousine Erzherzogin Sophie auf, die hinter seinem Stuhl diesen Vorwurf nur mit einem bezaubernden Lächeln quittiert. Sie ist tatsächlich die Initiatorin dieser Reise gewesen, allerdings aus Angst um das Leben des Kaisers und seiner Familie.

„Sie, liebe Cousine“, setzt der Kaiser fort, „und auch alle anderen wissen, daß ich vor meinen treuen Wienern keine Angst habe und ich immer noch der Meinung bin, daß ich in unserer Haupt- und Residenzstadt hätte bleiben sollen. Nun . . ., aber so ist es geschehen, und wir wollen zur Lage kommen. Herr Kriegsminister, wie schauen wir denn aus? Was macht meine tapfere Armee?“

Graf Latour strafft sich, schlägt die Stiefel zusammen und spult seinen Bericht, den er sich noch in der Nacht zuvor zurechtgelegt hat, zackig und in knappen Worten herunter.

„Wie Majestät wissen, marschieren unsere braven Truppen unter dem hervorragenden Kommando Ihres treuen Dieners Feldmarschall Radetzky in Italien von Sieg zu Sieg. Die Aufständischen, die sich mit Unterstützung der Truppen des Kleinstaates Piemont-Sardinien erheben, wurden in mehreren Schlachten und Gefechten zermalmt, und nach dem glorreichen Siege unserer Truppen bei Custozza sind wir wieder in Mailand eingezogen.“

„Sehr, sehr brav“, antwortet lobend der Monarch, was Latour als Aufforderung versteht, etwas theatralischer zu werden.

„Wir haben daneben auch die aufmüpfigen Böhmen gemaßregelt. Der Slawenkongreß unter dem Aufrührer Palacky wurde unblutig aufgelöst, der daraufhin ausbrechende Aufstand in Prag wurde von unserem allseits geschätzten Feldmarschall Alfred Fürst Windischgrätz innerhalb von fünf Tagen niedergeschlagen. Wobei der Feldmarschall trotz Artillerieeinsatz bemüht war, die Zahl der Opfer so niedrig wie möglich zu halten. Dies ist umso mehr zu schätzen, da ja", Latours Stimme wird etwas leiser, „die hochverehrte Frau Gemahlin unseres Feldmarschalls von einer verirrten Kugel tödlich getroffen wurde."

„Sehr, sehr traurig", erwidert bekümmert der Monarch, der allerdings die spitznäsige und mit einer scharfen Zunge bewaffnete Windischgrätz-Gattin nie recht leiden konnte.

„Das klingt ja ansonsten alles sehr gut", murmelt er etwas undeutlich, „aber wie schaut es denn in meinem teuren Wien aus. Können Sie mir von dort auch so gute Nachrichten mitteilen", wendet er sich an den Grafen Auersperg.

„Nun, Majestät, ich kann vermelden, daß im Augenblick in den Straßen unserer Reichsstadt Ruhe herrscht. Zur Plage werden nur die unzähligen Zeitungen, Plakate und Gerüchte, die in Permanenz die Garnison verdächtigen und in ihrem Ehrgefühl kränken. Es ist dies das Werk jener elenden Wühlerpartei, der jede gesetzmäßige Ordnung ein Greuel ist und die immer nur im trüben fischen möchte. Ich habe deshalb behufs einer Beruhigung unserer Truppen einen Tagesbefehl herausgegeben, in dem die Unterstützung der Nationalgarde gefestigt und jeglichem schändlichen Treiben Einhalt geboten wird. Dieses Schreiben habe ich auch dem Herrn Oberkommandanten der Nationalgarde", damit weist er auf den schwitzenden Pannasch, „zur Kenntnis gebracht, denn unser Losungswort heißt Treue für Kaiser und Konstitution!"

Ferdinand, der die Ergebenheitsausbrüche Auerspergs zur Genüge kennt, winkt nur kurz ab.

„Ja, ja, sehr brav, sehr brav", erklärt er nur kurz

angebunden und blickt Pannasch an, „was sagen Sie dazu?“

Pannasch, überrascht, überhaupt angesprochen zu werden, stammelt nur ein: „Sehr wohl, Sire!“

Der Monarch kann sich ein Schmunzeln nicht verkneifen.

„Lieber Oberkommandant, mir scheint, Sie verwechseln mich mit dem Sonnenkönig. Ich wollt’ von Ihnen hören, was Sie zur Lage in unserer Stadt meinen.“

Pannasch, für den die deutsche Sprache schon immer ein Problem war, zieht mit hochrotem Gesicht einen Zettel aus der Tasche, auf dem er sich Notizen für den Vortrag beim Kaiser gemacht hat.

„Erlauben Sire . . . äh, Majestät, daß ich meine Gedanken mittels dieser kleinen Gedächtnisstütze vortrage, da ich mich im Gegensatz zu den hier anwesenden hohen Herren“, damit verneigt er sich in Richtung der Minister, „nicht oft in der freien Rede üben konnte.“

„Gewährt“, erwidert milde der Kaiser, und mit belegter Stimme beginnt Pannasch, der bis zu seiner Bestellung zum Oberkommandanten Besitzer eines Hutmacherladens gewesen war, zu sprechen:

„Hochverehrtes Auditorium! Es scheint mir in zunehmendem Maße zu einem Zerwürfnisse zwischen den Arbeitern und der bürgerlichen Klasse zu kommen. Wie erinnerlich, hat bereits im Juni der Schuhmachergeselle Friedrich Sander den „Ersten Wiener Arbeiterbildungsverein“ gegründet, deren Mitglieder allerdings nicht in die Deputiertenschaft des konstituierenden Reichstages gewählt wurden. Und wie mir scheint, dürfte es in den Reihen der Bürgerschaft eine Reihe von Vorurteilen gegenüber den Radikalen der

Vorstädte geben. Vor allem, nachdem jüngst der Abgeordnete Hans Kudlich, der Sohn eines Landwirts aus Schlesien, einen Antrag über die vollständige Befreiung der Bauern eingebracht hat. Als probates Gegenmittel haben die Nationalgarde und der Sicherheitsausschuß die Einrückung von beruhigenden Artikeln in der Presse sowie die Affichierung von Plakaten selben Inhalts forciert."

Und abschließend wieder in seinen Dialekt verfallend: „Ob's halten wird, wiss' ma net!"

Der Kaiser hat den Ausführungen von Pannasch aufmerksam gelauscht.

„Das heißt auf gut deutsch, die Bürger haben Angst vor den Arbeitern? Stimmt das, lieber Sternberg?"

Ernst von Sternberg, dem die Schilderungen des Oberkommandanten nicht neu waren, kann nur zustimmend nicken.

„Es ist tatsächlich so, Majestät, daß die konservativen Vertreter des Bürgerstands die Ideen und Aktionen der radikalen Vertreter der Proletarier fürchten. Der Sicherheitsausschuß, der nur aus Studenten und Bürgern besteht, ist von militanten Arbeitern schwerer bedroht als von den Anhängern des Hauses Habsburg. Die Nationalgarde sah sich zu einer bewaffneten Demonstration gegenüber der Arbeiterschaft genötigt, und ‚Das kommunistische Manifest', verfaßt von den Herren Marx und Engels, zirkuliert seit geraumer Zeit unter der Arbeiterschaft und sorgt für zusätzliche Unruhe."

„Na ja, geschrieben wird viel, das wissen wir ja nur zu gut", erwidert der Monarch, „und von den beiden Herren wird man in zwei Monaten auch nichts mehr wissen. Aber zum Wesentlicheren: Was raten mir die hochwohlgeborenen Herren? Ich glaube jedenfalls, daß ich hier nicht mehr länger verweilen darf. Mein Platz ist in Wien, und so wie Sie mir die allgemeine Lage geschildert haben, meine ich, daß eine Rückkehr bitter nötig wäre. Oder?“

Auersperg, um große Worte nie verlegen, springt vor: „Ich jedenfalls bürge mit meinem Kopfe, daß Majestät in Wien so sicher wie in Abrahams Schoß sind!“

Kriegsminister Latour, ebenfalls immer dabei, wenn es darum geht, dem Monarchen zu schmeicheln: „Ich glaube, daß die glorreichen Erfolge unserer Truppen dazu beigetragen haben, das Ansehen Eurer Majestät zu festigen, und garantiere, daß Eure Majestät mit der unendlichen Liebe und Treue der Wiener rechnen kann.“

Ernst von Sternberg, eingedenk der Ereignisse der letzten Monate, ist sich nicht so sicher, ob die Wiener dem Kaiserhaus noch so treu ergeben sind. Doch er kann sein Unbehagen nicht artikulieren.

Und als sich noch der Ohrwurm des Kaisers, die Erzherzogin Sophie, die Initiatorin des Auszugs aus Wien, zum Kaiser neigt und ihm einige Worte ins Ohr flüstert, steht der Entschluß des Monarchen fest. Er schnellt mit überraschender Behendigkeit aus seinem Lehnstuhl und verkündet mit lauten Worten: „Also, frisch auf, heim zu unseren getreuen Wienern. Mir ist die Luft in unserem geliebten Tirol doch zu rauh, außerdem möcht’ ich endlich wieder einmal im Prater reiten!“

Ein Ort, der in den nächsten Tagen zu trauriger Berühmtheit kommen soll.

23. August 1848
Die Schlacht im Prater

Ottokar Sulzer, Berichterstatter des „Wiener Tagblatt“, seufzt tief. Sein Beitrag über den „Wiener Demokratischen Frauenverein“ ist ihm zum zweiten Mal vom Hauptredakteur zurückgeschmissen worden.

„Zu radikal“, war der Kommentar des neuen Mannes.

Die Ereignisse des Sommers sind eben nicht spurlos an der Redaktion des alteingesessenen Blattes vorübergegangen. Schon im Sommer hat das Kabinett Pillersdorf die Zügel strenger angezogen, im Ministerrat gab es endlose Debatten um die Art der Führung der Zeitungen, und Funder hatte kurzerhand seinen Posten hingeschmissen und gemeint, „dann solle sich der Ministerrat halt die Zeitung selber machen“.

Doch der neue Redakteur, Dr. Alfred Müller, ein Philosoph und ehemals Erzieher in hochadeligen Häusern, ist gar nicht nach dem Geschmack von Sulzer. Die Artikel sind nach Ansicht Sulzers mehr als gemäßigt, und außerdem erweist sich der Neue als echter Sparmeister auf der Seite seiner Arbeitnehmer, aber als nonchalanter Geldausgeber, wenn es darum geht, selbst Spesen zu machen.

Der Redaktionsbote Moritz ist soeben dabei, kalten Tee auszuschenken, der die schwüle Augusthitze in der engen Redaktionsstube erträglich machen soll. Er hat den Tee im nahegelegenen Café Niebauer geholt und dabei Kathi getroffen. Überhaupt läßt er kaum eine Gelegenheit ungenutzt, den Herren Redakteuren Getränke zu bringen. Doch viel mehr als ein paar Worte kann er mit Kathi nicht wechseln, da auch sie immer sehr beschäftigt ist. Sulzer ist der tiefere

Grund der Zuvorkommenheit seines Schattens wohl bewußt — besonders seit der Szene an der Barrikade.

„Moritz“, ruft er, „holst mir einen Kaffee?“

Der hält soeben eine volle Tasse Tee in Händen und ist leicht verwirrt: „Jetzt?“

„Na, morgen erst! Damit du Gelegenheit hast, eine gewisse junge Dame öfters zu sehen.“ Dabei verzieht Sulzer keine Miene. Nur seine Augen glänzen voll gutmütigem Humor. Trotzdem läuft Moritz wieder einmal bis über beide Ohren rot an.

„Sie pflanzen mich, Herr Sulzer. Sie wissen, daß ich nur das Wohlergehen der hochwohlgeborenen Redakteure im Sinn habe.“

„Wie du lügen kannst, ist ja phänomenal. Ich seh' schon, du hast das Zeug zu einem echten Journalisten. Mit derartigen Fähigkeiten!“

Die scherzhafte Gängelei der beiden wird durch den finster dreinblickenden Müller abrupt unterbrochen.

„Was ist, Herr Kollege! Tun S' hier nicht ununterbrochen Schmäh führen mit Ihrem Schatten. Ist der Artikel über die aufmuckenden Weiber nun endlich brauchbar und fertig?“

„Sehr wohl, Herr Hauptredakteur“, spottet Sulzer und zwinkert Moritz mit einem Auge zu. „Habe jenen Passus befehlsgemäß über die brutale Niederschlagung der Frauendemonstration durch die Sicherheitswache eliminiert, damit zwar die Wahrheit verfälscht, aber dafür einen Artikel gegossen, mit dem auch unsere Exzellenz, Graf Metternich, seine Freude gehabt hätte.“

Der feinsinnige Philosoph Müller überhört den ätzenden Zynismus hinter Sulzers Worten, reißt ihm nur das Manuskript aus der Hand und zischt: „Ihre Spötteleien können Sie für sich behalten. Ich habe schließlich der Regierung und der Öffentlichkeit gegenüber eine Verantwortung."

„Der Öffentlichkeit gegenüber? Das glaub' ich kaum. Sonst würden Sie so etwas nicht drucken!" ruft ihm Sulzer nach, als sich Müller mit seinem Manuskript in seine Kammer zurückzieht. Doch der reagiert auf eine derartige Anschuldigung in keiner Weise.

„Soll wieder zu seinen Blättern für Literatur und Kunst zurückgehen", murrt Sulzer ihm nach. „Mir reicht's für heute. Weißt was: Wir gehen . . ."

„. . . ins Niebauer", ergänzt Moritz hoffnungsvoll.

„Das tät' dir so passen! Nein, wir gehen an die frische Luft, in den Prater. Da gibt's Natur, viel Luft und sicherlich auch viele hübsche Mädchen. Einverstanden?"

Seufzend stimmt Moritz zu. Obwohl er lieber in der stickigen Luft des Cafés der blonden Kathi bei der Arbeit zusehen würde.

„Na gut, gehen wir halt in den Prater, wo's außer Bäum' nichts gibt."

Was sich als Irrtum herausstellen sollte. Schon in der Jägerzeile fallen ihnen zahlreiche Menschen auf, die sich in Richtung der Praterauen bewegen. Es sind magere, abgerissene Gestalten, Arbeiter in ihren verschmutzten Kleidern und an ihrem schweren Dialekt erkennbar. Unter ihnen zahlreiche Frauen und Kinder, die ebenfalls zum Prater wollen. Verwundert hält Sulzer eine vorübergehende Frau auf. Sie ist erst zweiundzwanzig Jahre alt, sieht aber um mindestens zehn Jahre älter aus. Ihre leicht angegrauten Haare hängen wirr ins Gesicht, der Haarknoten ist bereits in Auflösung. Am Arm hält sie ein knapp einjähriges Mädchen, das nur mit Lumpen bekleidet ist. An ihrem zerschlissenen Rock hängt ein etwa fünfjähriger Knabe, dem dauernd der Rotz aus der Nase läuft.

„Wohin, gute Frau?“ fragt Sulzer, in dem plötzlich das journalistische Interesse erwacht.

„Die Notstandsarbeiter demonstrieren gegen die Lohnkürzungen der Frauen und Jugendlichen auf der Wasserwiese“, antwortet sie, und aus ihrem Munde mit den faulenden Zähnen steigt eine üble Wolke.

Sulzer erinnert sich an das Notstandsprogramm der Regierung, wo zwanzigtausend Gelegenheitsarbeiter zu Straßen-, Kanal- und Dammbauten zusammengezogen und mit fünf Kreuzern entlohnt wurden. Das reicht nicht einmal für eine scheußliche Rumford-Suppe.

„Das ist wieder einmal eine der blendenden Ideen des Herrn Arbeitsministers Schwarzer“, ereifert sich der Journalist und wird plötzlich so schnell, daß Moritz kaum Schritt mit ihm halten kann.

„Komm, das müssen wir uns anschauen“, meint Sulzer und verfällt dabei in den Laufschritt.

Als sie bei der Wasserwiese eintreffen, haben sich hier schon gut an die tausend Leute versammelt. Rund um einen Fahnenmast ist ein Halbkreis freigehalten worden, auf dem hoch auf einem Berg von Kisten ein Arbeiter steht und eine flammende Rede hält.

Sulzer und Moritz erkennen im selben Moment, wer der Redner ist: Johann Wagner, ehemals als Maurer beim Bau der Altlerchenfelder-Kirche beschäftigt. Seit geraumer Zeit aber engagiert er sich in der Arbeiterbewegung. Überall dort, wo demonstriert wird, ist er selbstverständlich dabei. Als Mitglied des „Ersten Allgemeinen Arbeiterbildungsvereines“ trägt er dessen Abzeichen — einen aus Blech gestanzten

Bienenstock. Außerdem gilt er als einer der radikalsten Verfechter eines harten Kurses gegenüber den „Verrätern im Bürgerrock“ — wie er die konservativen Bürger zu nennen pflegt.

Sulzer bemerkt, daß sich der Maurer auch eine Art von Leibgarde zugelegt hat, denn rund um ihn haben sich fünf bullige Männer aufgestellt, die teilnahmslos in die Menge blicken und mit massiven Hackenstielen bewaffnet sind.

„Da schau her, der Herr Wagner hat sogar eine eigene Leibgarde mitgebracht“, raunt Sulzer dem Knaben zu, als sie sich einen Weg durch die Menge bahnen, die bereitwillig Platz macht, als der gutgekleidete Sulzer zwischen ihnen durchschreitet. Wagner deklamiert gerade mit tragender Stimme aus dem „Kommunistischen Manifest“:

„Unter Bourgeoisie verstehen wir die Klasse der modernen Kapitalisten. Sie sind Besitzer der gesellschaftlichen Produktionsmittel und nutzen die Lohnarbeit aus. Das Proletariat ist die Klasse der modernen Lohnarbeiter, Brüder. Und das sind wir!“ donnert der Maurer in die Menge.

Keine Reaktion. Alle glotzen vor sich hin.

„Das werden die auch grad verstehen“, murmelt Sulzer und hat sich bis auf mehrere Meter an den Maurer herangemacht, der nun mit freundlichem Lächeln seinen alten Kumpanen Moritz und den Berichterstatter erkennt.

„Brüder“, schwenkt er geistesgegenwärtig um, „soeben ist die Presse eingetroffen, die uns im Kampf um die gerechte Sache mit aller Kraft unterstützen wird. Es lebe die Pressefreiheit!“

Noch immer keine Reaktion aus der Masse, unter der nur die allerwenigsten überhaupt imstande sind, ihren Namen zu schreiben, geschweige denn zu lesen.

Ein bärtiger Mann mit wirrem Haar und in einem schmierigen Gewand, dessen natürliche Farbe nicht mehr zu erkennen ist, macht nun einen Schritt in Richtung des Fahnenmastes: Hubertus Schweiger, ein gelernter Bäckergeselle, seit Monaten ohne Arbeit und nunmehr zusammen mit Hunderten ausgemergelten Gestalten am Dammbau beim Wienfluß beschäftigt, brüllt aus der Menge: „Ich scheiß' auf deinen Marx und auf die Presse. Ich möcht' nur eines wissen: Wird dein Verein den Arbeitsminister dazu bringen können, die Lohnkürzung zurückzunehmen?"

Das haben alle verstanden, und brausender Jubel hebt an.

„Jawohl", rufen alle, und in Sprechchören fordern sie: „Schwarzer weg, Schwarzer weg!"

„Kameraden, wir ziehen zum Ministerium und fordern den Rücktritt dieses Schweins."

Damit wendet er sich um, von dem Maurer weg, eine Gasse öffnet sich ihm, und vereint marschiert die Menge los in Richtung Innenstadt.

Plötzlich werden Fahnen aufgerollt, die die Arbeiter in ihren schwieligen Händen schwenken, ein Lied kommt auf, in das die Menge einfällt, und die Weiber ziehen ihre Kinder nach sich, die nicht wissen, wie ihnen geschieht.

Sulzer und Moritz bleiben bei dem verdatterten Redner Wagner und seinen Leibwächtern zurück, der nur mehr stammelt: „Aber Kameraden, so wartet doch. Wir kämpfen für eure gerechte Sache." Aber seine Worte gehen im Schwall der Jubelrufe unter.

Sulzer ruft Moritz nur zu: „Wenn jetzt die Nationalgarde auftaucht, dann gibt's ein Blutbad, das garantier' ich dir!"

Der Journalist sollte mit seinen dumpfen Ahnungen recht behalten.

Der Kommandant des berittenen Bürgerkorps, der fünfunddreißigjährige Buchhändler Adolph Bechheim, hat schweißnasse Hände. Er zupft nervös an seinen silbernen Knöpfen der blauen Uniform, salzige Schweißtropfen rinnen ihm unter der Kappe hervor und brennen in den Augen, sodaß sich der Bürger aus der Leopoldstadt wieder und wieder mit seinem schmierigen Taschentuch über das Gesicht wischt. Es ist sein erstes Kommando, und Bechheim, ein an und für sich friedfertiger Mensch, hat bis jetzt an einigen Aufmärschen und Exerzierereien teilgenommen und seine Mitgliedschaft bei der Nationalgarde als lästiges Anhängsel in dieser unruhigen Zeit betrachtet.

Nun wird es allerdings ernst: Sein hundert Mann starkes Reiterkorps hat den Auftrag bekommen, die Praterversammlung der Arbeiter aufzulösen, wenn nicht anders, dann unter Einsatz ihrer Waffen. Zur Unterstützung sind zweihundert Mann zu Fuß dabei, eine Truppe der Nationalgarde aus der Jägerzeile. Dieser wüste Haufen von zumeist fragwürdigen Existenzen bewährte sich schon in den immer wieder aufflackernden Unruhen in den Sommermonaten gegen die aufmüpfigen Arbeiter. Ihre Tschakos sind zum größten Teil mit schwarz-gelben Bändern geschmückt, ein Zeichen, daß sie dem Hause Habsburg treu sind und mit den republikanischen Tendenzen der Arbeiter nichts zu tun haben wollen.

Nur mit Mühe kann Kommandant Bechheim sein tänzelndes Roß bändigen, das seine Nervosität spürt. Schließlich ruft er den Kommandanten der Fußtruppe, Franz Xaver Todt. Todt, ein Schneidermeister, der mit seinem Geschäft schon nahezu bankrott gewesen ist, schlendert in der prallen Augustsonne gemütlich heran. Seit ihm die Arbeiter in der Inneren Stadt die Auslagenscheiben eingeschlagen haben, widmet er sich nur mehr seiner Aufgabe bei der Nationalgarde.

„Na, Kamerad Bechheim“, spricht er ihn an, „was hast für Sorgen?“

„Was machen wir, wenn die Arbeiter sich nicht zerstreuen und vielleicht auf uns losgehen?“ fragt der ihn mit einem leicht zittrigen Unterton in der Stimme. Todt blickt ihn mit einem geringschätzigen Blick an.

„Ganz einfach: Flinten anlegen und abdrücken auf die Bagage!“

„Aber, aber . . . das sind doch Revolutionäre. Genauso wie wir!“

„Nichts da. Das ist nicht unsere Revolution, die die machen. Wenn die ans Ruder kommen, geht’s uns auch an den Kragen. Kennst doch ihre Sprüche vom Bürgertum!“

„Wenn aber Kinder dabei sind?“ wendet Bechheim eindringlich ein und wischt sich wieder den Schweiß von der Stirn.

„Die werd’n auch einmal groß“, antwortet Todt brutal, dreht sich um und spaziert wieder zu seiner Truppe, die eifrig dabei ist, Bajonette auf ihre Gewehre aufzustecken und Pulver in die Läufe zu stampfen.

„Was ist los?“ wird Todt von seinem Stellvertreter Anton Zwettlinger, einem Seidenfabrikanten, dem die Arbeiter vor einem Monat den Laden in Brand gesteckt haben, gefragt.

„Was wird schon los sein? Angst hat er halt, der Amateur-Revoluzzer“, antwortet Todt mit einem schmierigen Grinsen und spannt mit einem lauten Knacken den Hahn seiner Büchse.

Plötzlich ertönt ein Ruf aus den hinteren Reihen: „Die Arbeiter kommen!"

Tatsächlich: In breiter Linie nähern sich die fahnenschwenkenden Arbeiter, die allerdings beim Anblick der schwerbewaffneten Nationalgarde langsamer werden und schließlich zum Stehen kommen.

Hubertus Schweiger, der Bäckergeselle, der sich zum Anführer des Haufens aufgeschwungen hat, geht einige Schritte vor und ruft zu den Bürgern hinüber: „Brüder, laßt uns vorbei. Wir kämpfen gemeinsam für dieselbe Sache!"

Was Todt veranlaßt, dem neben ihm stehenden Zwettlinger zuzuflüstern: „Das glaubst du vielleicht, Bürscherl!"

Damit hebt er sein Gewehr und nimmt den bärtigen Bäckergesellen voll ins Visier.

Der Kommandant der berittenen Bürgerwehr, Adolph Bechheim, bewegt sich mit seinem Pferd auf die Phalanx der abgerissenen Gestalten zu, die mit wutverzerrten Gesichtern Äxte, Schaufeln und Prügel schwenken und im Chor rufen: „Der Revolution eine Gasse! Macht den Weg frei!" Die Angst sitzt ihm im Nacken, der Schweiß trieft ihm aus allen Poren, aber er möchte ein Blutvergießen vermeiden. Zwei Meter vor dem Anführer der Menge bringt er seinen Gaul zum Stehen und blickt dem Bäckergesellen Schweiger voll ins Gesicht.

„Bruder! Auch wir sind Revolutionäre und kämpfen für die Freiheit. Nimm deine Leute und geht nach Hause. Ich darf euch nicht durchlassen, und unter meinen Leuten sind welche, die nur auf die Gelegenheit warten, euch eine Kugel zu verpassen. Ich seh' einen Haufen Frauen und Kinder unter euch. Ich bitte euch: Seid's g'scheit, Leute."

Damit wendet er sich an die Menge, die ihm nun schon bedrohlich auf den Pelz gerückt ist.

„Ich bitt' euch, in Gottes Namen. Geht's nach Hause und gebt's Ruhe!"

Schweiger blickt unschlüssig auf die Leute hinter sich, breitet die Arme aus . . .

In diesem Moment knallt aus den Reihen der Nationalgarde ein Schuß.

Der Bäckergeselle greift sich an die Brust, zwischen seinen Fingern quillt Blut hervor, und mit einem verwunderten Ausdruck in den Augen bricht er zusammen.

Entsetzt schreit der Kommandant Bechheim auf: „Nein, nicht!"

Da hat sich schon die nun nicht mehr zu haltende Menge in Bewegung gesetzt, umringt ihn, reißt ihn vom Pferd.

„Brüder, nein! Ein schrecklicher Irrtum. Um Gottes willen, haltet ein!"

Doch die Menge kennt kein Erbarmen: Mit Prügeln, Schaufeln und Hacken schlagen sie auf den Wehrlosen ein, und mit dem Ruf „Freiheit" trampeln Hunderte über ihn drüber, auf den bewaffneten Trupp zu.

Schneidermeister Todt, der den alles auslösenden Schuß auf den Arbeiter abgab, ist die Ruhe selber. Mit einem kurzen Kommando läßt er die vorderste Reihe seiner Gardisten niederknien und die Gewehre in Anschlag bringen. Die Hähne werden gespannt, und mit einem kurzen Knacken schlagen sie auf den Zündhütchen auf. In der Weite des Praters ergeben die abgefeuerten Gewehre nur einen kurzen, scharfen Knall, doch die Wirkung ist verheerend. Wie von Geisterhand werden die in den vordersten Reihen heranstürmenden Arbeiter niedergemäht. Und während ein Teil der Gardisten seine Gewehre neuerlich lädt, feuert die hinter ihnen stehende Formation eine weitere Salve ab.

Die schweren Bleikugeln reißen weite Lücken in die Arbeiterreihen. Ob bewaffnet oder nicht, Männer wälzen sich blutüberströmt auf dem Boden, Frauen stürzen wie von Geisterhand umgeweht nieder, und Kinder laufen wie von Sinnen blutüberströmt durch die Reihen, die sich zunehmend lichten.

Der Wiesengrund des Praters, durch den auch der Kaiser zu reiten pflegt, ist mit Blut getränkt.

Als die letzte Salve abgefeuert ist, gibt Todt ein Zeichen, und zusammen mit den Reitern, die mittlerweile ihre Säbel blankgezogen haben, schreiten sie mit gefälltem Bajonett auf die Menge zu, aus der Wehklagen und unmenschliche Schmerzensschreie dringen.

Und was die Kugeln der Fußtruppe nicht niedergemetzelt haben, erledigen die Reiter noch mit ihren Säbeln. Wahllos, ob Mann, Frau oder Kind, schlagen sie auf die sich nun in alle Winde zerstreuenden Menschen ein.

Die fast einen halben Meter langen Bajonette der Gardisten stoßen ohne Erbarmen zu. Innerhalb kürzester Zeit ist der Spuk zu Ende. Die Überlebenden haben sich in die Auen des Praters geflüchtet, was zurückbleibt, ist ein Schlachtfeld . . .

Atemlos und mit schreckgeweiteten Augen betrachten der Berichterstatter Ottokar Sulzer und sein Gehilfe Moritz Michael Kuppelwieser, die mittlerweiler am Ort des Grauens eingetroffen sind, das Resultat des Gemetzels.

„Das ist reiner Mord!“ preßt Sulzer zwischen den Zähnen hervor, als er die blutüberströmten Leiber im

Grün der Wiese sieht und die Schmerzensschreie und das Stöhnen der Verwundeten hört.

Völlig fassungslos über das nackte Grauen möchte Moritz helfen, springt zu einem gleichaltrigen Knaben, dem eine Kugel die Brust aufgerissen hat, bettet seinen Kopf in den Schoß, wischt ihm den Schweiß von der Stirne und flüstert: „Es wird schon wieder alles gut!"

Der Knabe hebt kurz den Arm, schlägt noch einmal die Augen auf, seufzt kurz und stirbt in den Armen des Knaben. Mit Tränen in den Augen blickt Moritz zu Sulzer. Der ist völlig außer sich.

„Wer ist für dieses Gemetzel verantwortlich? Wer hat diese schändliche Mordtat auf dem Gewissen?" brüllt er.

Kommandant Todt hat sich dem Schreienden genähert, zieht nun seine Pistole und zielt damit in das Gesicht des Journalisten.

„Was denn, was denn, Bürscherl. Wer bist denn du, der die Verteidiger des Vaterlandes Mörder nennen darf?"

Damit spannt er mit einem gefährlichen Klacken die Hähne seiner doppelläufigen Pistole und setzt sie dem Berichterstatter an die Stirne.

Am gefährlichen Flackern in den Augen seines Gegenübers erkennt Sulzer, daß dieser keinen Moment zögern wird, auch tatsächlich abzudrücken. Es läuft ihm eiskalt über den Rücken. Trotzdem preßt er zwischen den Lippen hervor:

„Ich bin Berichterstatter des Wiener Tagblatt, und ich fordere Sie auf, mich zum Verantwortlichen für dieses Massaker zu bringen, damit ich der Öffentlichkeit darstellen kann, wie es zu diesem Zwischenfall kam."

Noch immer hält Todt die Pistole dem Journalisten an die Stirn, doch er wird unsicher. Wenn ich jetzt abdrücke, denkt er, und der Mann ist wirklich Journalist, gibt's eine Remasuri. Außerdem hat sich um die beiden bereits ein Kreis von Gardisten geschart. Noch vor so vielen Zeugen auch, überlegt der Kommandant weiter, das könnt' Probleme geben, egal ob der Mann nun wirklich Journalist ist oder nicht.

Moritz, immer noch den toten Knaben in seinem Schoß, hat die Szene mit geweiteten Augen beobachtet. Tödliche Angst schnürt ihm den Atem ab.

„Lieber Gott", stößt er innerlich ein Gebet aus, „laß meinem Herrn Sulzer nichts passieren. Bitte, lieber Gott!"

Kommandant Todt hat sich inzwischen entschieden. Zögernd zwar zieht er seine gefährliche Waffe zurück, entspannt die Hähne und steckt sie in den Gürtel. Ein breites Grinsen überzieht sein Gesicht.

„Na gut. Der Kommandant bin ich hier, und wenn Sie wirklich von der Presse sind, dann können Sie folgendes schreiben: In Erfüllung ihrer Pflicht gegenüber Kaiser und Constitution ist es heute den treuen Truppen der Nationalgarde Leopoldstadt im Verein mit der bewährten Bürgerwehr gelungen, die Ruhe und Ordnung, die durch eine Demonstration schwerbewaffneter Proletarier auf das gröblichste gestört war, wiederherzustellen. Die bewährte Garde war dabei in Notwehr gezwungen, gegen den bis an die Zähne bewaffneten Mob ihre Waffen einzusetzen."

Er wendet sich um zu seinem Stellvertreter.

„Stimmt's, Zwettlinger? Wir wurden von diesen Radikalen angegriffen und mußten unser Leben verteidigen!"

„Sicher", antwortet dieser, „wir sind doch alle Revolutionäre und werden doch nicht auf Brüder schießen. Wenn's aber ums eigene Leben geht, dann . . .!"

„Leider, leider", setzt Todt zum Berichterstatter gewandt fort, „gibt's immer einige wenige Unbelehrbare, wie Euer Hochwohlgeboren ja wissen. Aber, Ordnung muß sein! Auch wenn ein bißchen Blut fließt."

Fassungslos über diese Unverfrorenheit der Männer läßt Sulzer seinen Blick über das Schlachtfeld schweifen.

Die in die Chronik als „Praterschlacht" eingehende Aktion der Nationalgarde hatte zweiundzwanzig Todesopfer und über dreihundert Schwerverletzte gefordert. In der amtlichen Wiener Zeitung erschien darüber nur eine kurze Notiz, die vom Preßbureau im amtlichen Stil abgefaßt worden war.

10. September 1848
Schwere Zeiten für Künstler

Der pensionierte Professor der Kunstakademie, Friedrich Georg Waldmüller, ist mißmutig. Der Rükken schmerzt ihn, die von einer beginnenden Gicht starren Finger sind nahezu gefühllos, und seine Augen tränen. Seit Wochen arbeitet er an einem Portrait der Gattin des Bierversilberers Martin Bartholomäus Puntigam, bei dem er all sein malerisches Können aufbieten muß, um dem Antlitz halbwegs menschliche Züge zu verleihen. Die eher füllige Dame des neureichen Biererzeugers hat sich in ein tief ausgeschnittenes, schwarzes Seidenkleid gepreßt, ein in derselben Farbe gehaltenes durchscheinendes Halstuch ist gerade imstande, die Falten am Hals der nicht mehr Taufrischen zu verdecken, und in der linken Hand, die voll mit goldenem Schmuck beladen ist, hält sie nekkisch eine weiße Orchidee.

Was alles für das malerische Genie Waldmüller kein Problem darstellt, denn er ist auf derartige Studien aus der feinen Gesellschaft spezialisiert. Von der Familie des Notars Dr. Josef August Eltz über die Perchtoldsdorfer Hochzeit bis zu blendenden Portraits der Gattin des Josef von Stadlauer hat Waldmüller dieses Genre lange Zeit angeführt. Doch er hat sich auch nicht gescheut, sozialkritische Studien zu malen. Nur sind er und sein Schüler Josef Danhauser damit zusehends in Streit mit den Kritikern, die von der „Wahrheit" andere Vorstellungen haben, geraten. Schließlich wurden sie von der Akademie zwangspensioniert.

Aber diese Frauensperson, so ereifert sich der Künstler innerlich, die hat ja ein Gesicht wie die Ruine Liechtenstein, die ich vor kurzem gemalt habe. Dem Drachen ein menschliches Antlitz zu geben, so seufzt er innerlich, ist ja schon Selbstaufgabe.

„Na, Madame", murrt Waldmüller unzufrieden und wirft seinen Pinsel auf den Tisch neben ihm, der das Atelier in der Wipplingerstraße nahezu beherrscht, „so geht das nicht. Sie machen mich mit der Blumenwachlerei ganz nervös. So kann man nicht arbeiten!"

„Wenn mir doch die Hand eing'schlafen ist", entschuldigt sich die Dame mit einem künstlichen Augenaufschlag, der den Maler innerlich zum Kochen bringt.

„Sind denn diese öden Sitzungen nicht schon bald vorüber? Der Meinige sagt" — sie spricht von ihrem Gatten immer nur als „der Meinige" —, „Sie müßten schon längst fertig sein. Er möcht', daß das Bildl doch zu meinem Geburtstag präsentiert werden kann!"

„Madame", entgegnet der Künstler unwirsch, „das Bildl, wie Sie mein Portrait in Ölfarben zu benennen pflegen, benötigt eine gewisse Zeit, bis es vollendet ist. Wenn S' was Schnelles wollen, müssen Sie sich zeichnen lassen."

Am besten als Karikatur vom Theatermaler Johann Christian Schoeller, ergänzt Waldmüller im stillen bei sich.

Meint aber dann kurz angebunden: „Machen wir eine Pause, damit Sie wieder Blut in die Händ' kriegen."

Und ohne sich weiter um die Dicke zu kümmern, die sich aus ihrem Stuhl aufrappelt, legt er seine Farbpalette weg und zündet sich eine Zigarre an.

„Müssen S' denn immer rauchen", quiekt die Bierversilberersgattin aus dem Hintergrund. „Der Meinige sagt, das schadet meinem Teint, wenn mich diese grauslichen Rauchschwaden umwallen."

Dem Gesicht kann nix mehr schaden, verkneift sich Waldmüller bissig von sich zu geben und murmelt nur etwas Unverständliches in den Qualm, den er ausstößt. Als er noch nachsetzen will, um der Dame mitzuteilen, daß der „Ihrige" zwar nicht rauche, aber dafür Bier literweise in sich hineinsäuft, öffnet sich mit einem knarrenden Geräusch die Tür. Herein tritt der Journalist Ottokar Sulzer mit seinem unvermeidlichen Schatten Moritz.

„Ist es erlaubt?" fragt Sulzer, der seit geraumer Zeit mit dem Maler befreundet ist und mit ihm schon des öfteren recht heftige Diskussionen über Politik geführt hat.

Waldmüller kommt der Besuch des Journalisten geradezu gelegen, denn er hat wirklich keine Lust mehr, sich mit der quängelnden Alten herumzuschlagen.

„Ich glaub', Madame von Puntigam, Sie gehen jetzt am besten heim. Wir setzen morgen fort, meine Gnädigste, und ich verspreche Ihnen, daß wir rechtzeitig fertig werden."

„Na hoffentlich, denn der Meinige . . ."

„Schon gut, schon gut", und damit schiebt er sie bei der Türe raus, „und mein Kompliment an den Ihrigen. Ich komm' demnächst vorbei, um bei dero Gnaden, dem Herrn Bierversilberer, zu kassieren." Ruft ihr noch ein „Küß die Hand" über die Treppe nach und wirft die Türe hinter sich zu.

„Puh, Gott sei Dank bin ich diese Ziege los. Ich kann dir nicht sagen, lieber Freund, in diesen schweren Zeiten hat es ein Künstler mit Charakter nicht leicht."

„Du machst es dir eben nicht allzu leicht", meint der Journalist.

„Also, manches Mal überleg' ich mir ernsthaft, ob ich diese neumodischen Eisenbahnzüge oder sogenannten Dampfschiffe, wie mein werter Kollege Leander Ruß, malen soll. Das wär' immer noch lustiger, als diese alte Schabracken von Puntigam in Öl festzuhalten. Oder ich verleg' mich auf das Genre des Herrn Johann Peter Krafft, der unsere hochwohlgeborenen Militärs und deren Schlachten verewigt. So schön wie die Puntigam ist der Radetzky noch lange." Damit verschwindet er kichernd hinter dem Küchenvorhang und hantiert lautstark mit Töpfen.

„Magst einen Kaffee?"

Moritz hat sich einstweilen im Atelier des Künstlers

umgesehen. Neben zahlreichen Skizzen und Entwürfen des Malers, die im ganzen Raum achtlos herumliegen, hat es ihm ein Landschaftsportrait angetan, das die Weite und die Schönheit der österreichischen Berge stimmungsvoll vermittelt.

„Was sind denn das für Berge?“ wagt er den Künstler zu fragen.

Waldmüller wirft einen kurzen Blick auf das Gemälde. „Das ist der Dachstein mit dem Hallstätter See. Da war ich vor fast zehn Jahren auf der Hütteneckalpe bei Ischl. Ist aber nicht zu verkaufen. Die Leut’ wollen heute viel Kriegerisches und Revolutionäres. Es gibt keinen Bedarf für stimmungsvolle Landschaften. Kampf und Blut ist gefragt. Apropos: Was gibt es denn aus der hohen Politik zu berichten, jetzt wo unser allergnädigster Kaiser wieder in Wien zu weilen geruht?“ erkundigt er sich sarkastisch bei dem Journalisten Sulzer.

„Es gärt weiterhin an allen Ecken und Enden. Der Sicherheitsausschuß hat sich aufgelöst, am Währinger Friedhof haben s’ die Toten aus der Praterschlacht beigesetzt. Sehr spannungsgeladen das Begräbnis, kann ich dir nur sagen, und den Sargträgern haben die Knie gezittert, wie s’ die Särge haben raustragen müssen. Der Herr Karl Marx, der vor den Arbeitern sein Manifest vorgelesen hat und der eine Revolution einmal am eigenen Leib erfahren wollt’, ist selbst wieder abgefahren. Ansonsten herrscht trügerische Ruhe in den Straßen von Wien.“

„Und im Deutschen Reich?“ fragt Waldmüller weiter.

„Du weißt ja, daß seit dem 18. Mai in der Frankfurter Paulskirche die erste frei gewählte deutsche Nationalversammlung tagt und seither über eine großdeutsche oder eine kleindeutsche Lösung diskutiert wird. Grundlegende Veränderungen sind ja sowieso nicht geplant, die Monarchie steht außer Frage. Und unser guter Erzherzog Johann, den sie jetzt schon nicht mehr Reichsverweser, sondern Reichsvermoderer nennen, den kannst sowieso abschreiben."

„Aber sonst ist ja jetzt eine Ruh' im Ausland", meint Waldmüller und stellt zwei große Schalen Kaffee auf den Tisch.

„Das glaub' ich weniger. In Ungarn brodelt's zwischen Kossuth und Szecheney, die Tschechen geben trotz der blutigen Niederschlagung in Prag keine Ruh', und zwischen Preußen und Dänemark soll's, wenn man Gerüchten trauen kann, ebenfalls bald krachen. Also, ich weiß nicht, wohin das alles noch führen soll."

„Wirst sehen, in Kürze herrscht wieder Friede und Ordnung", beruhigt ihn der Künstler.

„Und wenn der Moritzl dann seinen ersten Artikel schreibt", damit fährt Sulzer dem Knaben durchs Haar, „wird's nur mehr Interesse an den schönen Künsten geben."

„Hoffentlich an meinen", ächzt der Maler, als er sich zu den beiden an den Tisch lümmelt.

„Da bin ich mir nicht so sicher, Euer Gnaden", meint altklug der dreizehnjährige Moritz, der wohl ahnt, daß die kommenden Tage noch so manch schreckliches Ereignis bringen werden.

6. Oktober 1848
Meuterei und Lynchjustiz

Im Auditorium Maximum der Wiener Universität herrscht Aufbruchsstimmung: Lautstarkes Stimmengewirr schwillt öfters zu einem Gebrüll. „Hoch Kossuth"-Rufe sind zu vernehmen, die von anderen mit „Es lebe das Kaiserhaus!" überstimmt werden.

Grund für den Aufruhr der Studenten sind die Vorfälle der letzten Wochen in Ungarn. Dort hat im Duell zwischen Lajos Kossuth und Stephan Graf Szecheney der Rechtsanwalt Kossuth die Oberhand gewonnen, sein Gegenspieler hat einen Nervenzusammenbruch erlitten und ist in der Irrenanstalt Wien-Döbling gelandet.

Mit dem Sieg Kossuths, der sich als Volkstribun und Diktator gebärdet, ist auch der Bruch zwischen den nationalbewußten Ungarn und Österreichern vollkommen. Er führt ein eigenes Geld ein und stellt eine eigene ungarischen Armee, die „Honvedseg", eine Heimatwehr, auf. Für die Minderheiten der Millionen von Kroaten, Slowaken, Serben und Rumänen, die auf dem Territorium des Königreiches Ungarn dahinvegetieren, bringt er kein Verständnis auf. Unruhen und Aufstände sind die Folge.

Den stärksten Widerstand gegen die Zwangs-Magyarisierung leisten die Kroaten, die nicht bereit sind, ihre nationale Eigenständigkeit aufzugeben. Mit vierzigtausend Mann bricht der Feldmarschall Joseph Graf Jellacic, der Banus von Kroatien, auf, um mit seinen kaiserlich-königlichen Truppen die ungarische Rebellion niederzuschlagen.

Der Hof in Wien, der Jellacic dazu ermunterte, sieht in Kossuth keinen legitimierten Vertreter des Königreichs Ungarn und ernennt Feldmarschall-Leutnant Franz Philip Graf von Lamberg zum Stellvertreter des Kaisers und Oberkommandierenden der Armee in Ungarn. Was dieser nicht überlebt: Am 28. September wird er vom aufgebrachten Mob auf der Brücke zwischen Buda und Pest aus seinem Wagen gezerrt und kurzerhand erstochen.

„Da ist ihm ganz recht geschehen“, brüllt aufgebracht der ungarische Student Lajos von Bolvary, „wir brauchen keine Marionetten des Kaiserhauses in unserem Land, sondern nationale Unabhängigkeit und soziale Demokratie!“

„Aber der Kaiser hat die ungarische Nationalversammlung aufgelöst und dem Banus die absolute Macht in Ungarn übertragen!“ schreit Karl von Auersperg, der sich mit den verräterischen Ansichten des Ungarn nicht mehr länger identifizieren möchte.

„Aber nur auf dem Papier“, höhnt der ungarische Kommilitone des adeligen Studenten.

„Und die tapferen Truppen Kossuths haben deinen Banus am Plattensee vernichtend geschlagen, und nun ist dein kleiner Banus auf dem Rückzug, und zwar in Richtung Wien, um sich bei seinem Kaiser, dem langnasigen Ferdinand, auszuweinen!“

Auersperg, der wie viele andere Wiener in dieser Zeit seine Kaisertreue damit dokumentiert, daß er eine gelb-schwarze Kokarde an der Kappe trägt, gerät in Wut: „Du verfluchter Magyar, ich werde . . .!“

Doch sie werden durch einen Ruf des Studenten Kaspar Wolf unterbrochen. Vom Podium aus brüllt er in die Menge: „Kameraden! Brüder! Ich erfahre soeben, daß die Zentralregierung in Wien angeordnet hat, alle noch verfügbaren Truppen zum Abwehrkampf gegen unsere ungarischen Brüder, die gegen die österreichische Grenze vorrücken und die den Banus so vernichtend geschlagen haben, mobilisiert hat. Zu diesem Zweck soll in einer Stunde ein Bataillon per Bahn nach Westungarn abfahren. Die Soldaten werden sich weigern, gegen ihre Brüder die Waffen zu erheben, die Nationalgarde ist ebenfalls ausgerückt. Ich schlage vor, daß wir die Kameraden in Uniform unterstützen und diesen Anschlag auf die Freiheit vereiteln!"

Tosender Applaus folgt diesen Worten.

„Auf zum Bahnhof!" schreit Lajos von Bolvary, Hunderte Stimmen fallen ein, und unter Gesang stürmen sie aus dem Auditorium.

Auf dem Perron des Wiener Nordbahnhofes herrscht eisiges Schweigen, das nur durch das Klappern der Stiefel von hin und her eilenden Ordonnanzen unterbrochen wird, was sich in einem vielfältigen Echo an den Wänden des Bahnhofs bricht.

Die achthundert Mann des Grenadierbataillons stehen in Reih und Glied. Kerzengerade. Keiner bewegt sich.

Oberst Josef von Holzbach, seit nunmehr fünfundvierzig Jahren beim Militär, versteht die Welt nicht mehr. Seine Faust umklammert den Säbelgriff, seine Zähne mahlen unentwegt, und er brüllt den vor ihm in aufrechter Haltung stehenden Leutnant Karl Richter dermaßen an, daß diesem der Sprühregen, der aus dem Mund des Obersten kommt, um die Ohren zischt.

„Herr Leutnant, ich befehle Ihnen zum letzten Mal, Ihren Leuten das Kommando zum Besteigen des Zuges zu geben."

„Sie wollen aber nicht", entgegnet der Leutnant völlig ruhig. „Sie weigern sich, auf ihre Brüder im ungarischen Nationalkampf zu schießen."

„Herr, das ist Meuterei. Das wird mit dem Tode bestraft. Ich lasse sie allesamt erschießen", brüllt der Oberst in die schweigsame Reihe der Soldaten hinein.

„Na, dann fang an!" ertönt plötzlich eine Stimme

aus den hinteren Reihen, und die Umstehenden beginnen zu lachen, der Rest stimmt mit ein, und in Sekundenschnelle ist die Bahnhofshalle von dröhnendem Gelächter erfüllt.

Das Gesicht des Oberst läuft daraufhin dermaßen rot an, daß Leutnant Richter fürchtet, seinen Vorgesetzten müßte jeden Augenblick der Schlag treffen.

„Euch wird das Lachen noch vergehen, ihr Saboteure und Verräter!“ droht er, macht auf dem Absatz kehrt und ist noch nicht einmal beim Stiegenaufgang, als ihm bereits eine johlende, jubelnde und singende Menge von Leuten entgegenströmt.

„Die Studenten und die Nationalgarde!“ ruft der Grenadier Wilhelm Holzbauer. Nun kommt Bewegung in die Reihe der Soldaten, die den herankommenden Mitgliedern der Nationalgarde und der Akademischen Legion — verstärkt durch Arbeiter — entgegenlaufen.

Holzbauer, jener Soldat, der vor Monaten nichtsahnend den Journalisten Ottokar Sulzer vor der Tabakfabrik aufs Korn genommen hat, fällt dem ungarischen Studenten Lajos von Bolvary um den Hals; Leutnant Karl Richter klopft dem Studenten und Mitglied der Geheimorganisation „Schwarze Hand“, Kaspar Wolf, auf die Schultern, und der zurückhaltende Karl von Auersperg schüttelt dem Maurergesellen Johann Wagner, der aus unerfindlichen Gründen den Weg zum Bahnhof gefunden hat, kräftig die Hand. Es herrscht allgemeine Verbrüderung, ja sogar Tränen fließen, und alle haben das Gefühl, zu einer verschworenen Schicksalsgemeinschaft zusammengeschweißt zu sein.

Wolf springt auf einen am Gleis stehenden Waggon, dessen Schiebetüren offenstehen, und donnert in die Halle über die Köpfe der Menge hinweg: „Kameraden! Frisch auf in die Stadt und zum Herrn Kriegsminister! Er soll für diese Entscheidung büßen! Den holen wir uns jetzt!"

„Vivat! Jawohl, den holen wir uns jetzt. Der Latour kommt dran!"

Damit setzt sich die Masse in Bewegung, verläßt den Bahnhof der Kaiser-Ferdinand-Nordbahn, zieht über die Taborstraße, durch die schmale Stadtgutgasse und die Glockengasse dem Donauarm entgegen, um in die Innere Stadt zu gelangen.

Überall, wo sie durchkommen, reißen die Menschen die Fenster auf, schwenken Fahnen, jubeln, werfen ihre Hüte in die Luft. Und kaum ist der Pulk durch, kommen begeisterte Wiener, reißen das Pflaster aus den Straßen, türmen Kisten zu Barrikaden und schreien: „Freiheit — Gleichheit — Brüderlichkeit!"

Die Ferdinandsbrücke und die Kettenbrücke, jene Verbindungen über den Donauarm zwischen der Leopoldstadt und der Inneren Stadt, sind abgeriegelt. Der Kriegsminister, alarmiert durch den aufgebrachten Oberst von Holzbach, hat alle kaisertreuen Truppen zusammengetrommelt, um jedweden Versuch eines Aufstandes bereits im Keime zu ersticken. Zum Einsatz kommt auch Leutnant Arturo Battisti, jener italienische Offizier, der sich mit seinen Leuten schon beim Aufstand in der Wiener Herrengasse „bewährt" hat. Er bezieht Posten an der Kettenbrücke. Seine Leute frieren im bereits kalten Oktoberwind. Und er flucht leise auf italienisch vor sich hin, wenn er an die noch immer warmen Tage in seiner Heimatstadt Verona denkt.

Gerade als er wieder in die klammen Hände

haucht, ertönt aus der Richtung der Leopoldstadt Gesang, Stimmengewirr und das Klappern von Waffen. Als der Zug der Aufständischen aus der Leopoldstadt neben dem leise dahinplätschernden Donauarm heranzieht, verkrampft sich sein Magen. Das ist nicht mehr jener bunt zusammengewürfelte Haufen von Studenten und Bürgern, gegen die er damals in der Herrengasse angetreten ist. Neben den ihm bereits gut bekannten Uniformen der Bürgergarde und der Studenten erkennt er auch die bis an die Zähne bewaffneten Grenadiere, die wegen ihrer Durchschlagskraft und Brutalität im gesamten kaiserlichen Heer bekannt sind.

„Madonna!“ stöhnt er hörbar, sodaß der neben ihm stehende Sergeant Testi ihn fragend anblickt.

„Das ist ja eine richtige Truppe. Und für diesen verfluchten österreichischen Kaiser sollen wir unseren Kopf hinhalten“, raunt er dem Untergebenen zu.

Leutnant Richter hat, als er die grünen Uniformen der Italiener an der Brücke erkennt, die Menge halten lassen. Er schart die Anführer und den zum Kommandierenden ernannten Kaspar Wolf, den bulligen Klaviermacher Fridolin Weiser von der Nationalgarde und den Anführer der Arbeiter, zu dem sich der Maurer Johann Wagner gemacht hat, um sich.

„Meine Leute werden das übernehmen“, spricht er zu den drei Männern. „Das ist Soldatenhandwerk, und meine Grenadiere werden die Katzelmacher innerhalb kürzester Zeit von der Brücke gefegt haben!“

„Hoffentlich können s’ schwimmen“, spottet Weiser von der Nationalgarde.

„Deutsch können s’ jedenfalls nicht“, meldet sich Wolf zu Wort, der sich grimmig an die blutigen Ereignisse in der Herrengasse erinnert.

„Dann werden wir sie zumindest das Laufen lehren“, schließt Richter den Disput mit einem feinen Lächeln ab und erteilt drei kurze Kommandos an seine Leute. Die Bajonette rasseln aus den Scheiden, und mit einem satten Klacken werden sie an den Gewehren befestigt. Richter wendet sich noch mit lauter Stimme an seine Soldaten.

„Männer, ihr wißt, worum es geht. Wenn die Revolution nicht siegt, dann droht uns das Standgericht. Also, frisch auf für Volk und Vaterland!“

Der Rest der Menge stimmt mit ein in den Ruf, und im Laufschritt stürmen die Grenadiere zur Brücke, allen voran der Leutnant, der mit gezogenem Säbel ein markdurchdringendes „Hurra“ ausstößt. Dann geht alles blitzschnell.

Aus den Mündungen der Gewehre der Italiener steigt ein heller Blitz auf, Rauch schwebt gegen den Himmel, und die ersten Grenadiere stürzen zu Boden. Doch Richter achtet nicht weiter auf die fallenden Körper. Mit einem zweiten „Hurra“ feuert er seine Truppe an. Plötzlich trifft ihn ein harter Schlag vor den Kopf, es wird schwarz um ihn, er taumelt, stößt noch unter einem Blutschwall, der aus seinem Munde tritt, ein „Freiheit“ heraus und sinkt nieder. Eine Kugel aus dem Gewehr des Sergeanten Fabricio Testi hat ihm die Stirne zerschmettert. Aber Testi überlebt seinen Gegner nur wenige Sekunden.

Denn schon sind die Grenadiere in die Reihen der kaiserlichen, italienischen Truppen eingedrungen, die Bajonette und Säbel halten fürchterliche, blutige Ernte. Auch Leutnant Arturo Battisti wird von drei Kugeln gleichzeitig in die Brust getroffen und ist auf der Stelle tot.

Mit ihm sterben weitere sechsundfünfzig Soldaten.

Als der Rest der Italiener sieht, daß die Lage hoffnungslos geworden ist, vor allem, da hinter den Grenadieren die gesamte Menge der Aufrührer heranrast, geben sie Fersengeld. In Blitzesschnelle haben sich die Soldaten in die engen Seitengassen der Innenstadt geflüchtet. Der Weg für die Studenten, Bürger und Arbeiter in die Innenstadt ist frei.

***

In der Redaktion des Wiener Tagblatt geht es an diesem Tag zu wie in einem Bienenstock: Ununterbrochen stürmen Leute herein, schreien dem am Rande der Verzweiflung stehenden Ottokar Sulzer neue Meldungen der aktuellen Lage zu. Auch der Redaktionsbote Moritz Michael Kuppelwieser pendelt zwischen Café Niebauer, Redaktion und dem amtlichen Preßbureau, da sich die Meldungen widersprechen. Und außerdem muß Sulzer einen Kampf mit dem neuen Hauptredakteur ausfechten.

Rudolf Eitler heißt der neue Mann, der schon am 15. September Dr. Alfred Müller abgelöst hat. Ein an und für sich musischer Mensch, der davon träumt, der Kunst nach dem Sieg der Revolution zum Aufschwung zu verhelfen. Allerdings ist er auch radikal, und zwar — was Sulzer besonders auf die Nerven geht — voll auf der Linie der Deutschnationalen. Und mit keinerlei Gespür für journalistische Aktualitäten behaftet.

So will er einen ausführlichen Bericht über die in Mainz stattfindende „Generalversammlung der Katholiken Deutschlands“ auf der ersten Seite haben, was ihm Sulzer seit geraumer Zeit versucht auszureden.

„Herr Hauptredakteur, die Arbeiter haben auf dem

Ferdinandsbahnhof die Gleise rausgerissen und damit die Bahnverbindung nach Ungarn zerstört!"

„Na und?"

„Die Nationalgarde und die Akademische Legion haben drei Kanonen erbeutet und sind zusammen mit den aufrührerischen Soldaten in Wien eingezogen!"

„Hat nichts zu bedeuten!"

„Rund um den Stephansdom ist es zu blutigen Zusammenstößen gekommen, weil die Radikalen das Sturmläuten verhindern wollten."

„Ein unbedeutender Zwischenfall, den das Militär in Kürze bereinigen wird."

Über derartige Ignoranz ist Sulzer fassungslos. Er rüttelt Eitler am Ärmel und schreit ihm ins Gesicht: „Erkennen Sie denn nicht, daß die Revolution ausgebrochen ist? Die Stadt brennt an allen Ecken und Enden, Blut fließt in Strömen, das Volk bewaffnet sich und richtet sich zum dauernden Widerstand ein, und Sie sagen: ein unbedeutender Zwischenfall. Also nein, ich fass' es nicht . . .!"

Eitler schiebt ihn von sich und starrt ihn nur strafend an.

„Also beherrschen Sie sich doch, Kollege. Sie werden sehen, unsere braven kaisertreuen Truppen werden diesen aufrührerischen Mob ruck, zuck zur Räson gebracht haben, und dann . . .!"

In diesem Moment stürmt Moritz wieder zur Türe herein und vermeldet lauthals: „Die Revolutionäre sind Am Hof versammelt und verlangen die Auslieferung des Kriegsministers Latour. Dort g'schieht ein Unglück. Schnell, wir müssen hin!"

Sulzer blickt unschlüssig. Doch Eitler ist froh, den heftigen Sulzer loszuwerden.

„Ja, schau'n S' nach, was da los ist. Kann ich wenigstens in Ruhe meine Katholiken-G'schicht fertig machen."

Sulzer ergreift seinen Überzieher und verläßt kopfschüttelnd mit seinem Schatten das Büro.

***

Als die beiden Am Hof ankommen, bietet sich ihnen ein schon aus zahlreichen ähnlichen Situationen bekanntes Bild. Eine unübersehbare Menge von Leuten, die sich in Buhrufen, „Freiheit"-Schreien und „Latour, Latour"-Chören ergeht und sich aus den Mitgliedern der Akademischen Legion, der Nationalgarde und Arbeitern zusammensetzt. Auch die Leute, die die Grenadiere am Bahnhof unterstützten, sind mittlerweile eingetroffen.

Eben brüllt der Student Kaspar Wolf mit überschlagender Stimme: „Unsere Geduld ist zu Ende!"

Und der Maurer Johann Wagner schwenkt einen Hammer und schreit unentwegt: „Proletarier, vereinigt euch!"

Sulzer spürt, daß die Stimmung der Leute umgeschlagen hat. Bei derartigen Kundgebungen in der Vergangenheit waren die Wiener meist in eine Art Volksfeststimmung versetzt, der Humor brach trotz allem immer durch. Doch diesmal ist es anders: Über dem Platz liegt, für ihn nahezu spürbar, eine Wolke des Hasses und der Gewalttätigkeit, ein spürbarer Hauch des Todes.

„Die Leut' wollen Blut sehen", raunt er Moritz zu, als sie durch die Menge drängen, „ich spür' das ganz genau!"

Moritz, der ebenso feinfühlig wie sein Wohltäter ist, versteht auf Anhieb, was der meint — auch in ihm breitet sich Unbehagen aus. Irgendwie hat sich etwas geändert. Und er hat Angst, richtige nackte Angst!

Eine Welle von Unmut, ein Aufschrei des Hasses und unzählige Buh-Rufe lassen den Knaben zur Treppe des Ministeriums aufblicken, wo soeben der Kriegsminister Theodor Graf Baillet von Latour die Treppe herabschreitet. Die Farbe seines Gesichts ist so weiß wie sein Rock, seine roten Hosen mit den goldenen Seitenstreifen leuchten in der Sonne. Neben ihm die Sekretäre Smolka und Sierakoski, vor ihm — scheinbar als Schutzschild gedacht — ein Legions- und Nationalgardeoffizier.

Die Menge drängt vor in Richtung zur Treppe, Moritz versucht vergeblich, aus der Masse zu entkommen, Sulzer ist nicht mehr zu sehen, und unerbittlich wird er mitgerissen.

„Aufhängen“, „Tod dem Tyrannen“ gellen die Schreie über den Platz. Die Gruppe mit dem Minister ist mittlerweile unter einem Gitterfenster angekommen, Latour hebt beschwichtigend die Hände. Aber die Menge drängt weiter vor, geifernd, Fäuste schüttelnd, brüllend. Der Offizier und die beiden Sekretäre versuchen, die aufgebrachten Menschen, die nun schon bedrohlich dem Minister auf den Leib gerückt sind, abzuhalten. Vergeblich. Um sie bildet sich eine Mauer aus Bürgern, Arbeitern und Studenten, die sie beschimpfen und bespucken.

Plötzlich ist Minister Latour in der rasenden Menge eingekeilt, seine Begleiter von ihm abgedrängt. Die nackte Todesangst springt ihm aus den Augen, er hebt abwehrend die Arme vors Gesicht und ruft: „Bürger, Landsleute! Laßt euch erklären. Ich bin unschuldig!“

Einer der Arbeiter schlägt ihm den Hut vom Kopfe,

was von den anderen mit Johlen begrüßt wird. Und schon greifen Hände nach ihm, reißen an seinen Haaren, wird mit Fäusten auf ihn eingeschlagen. In diesem Moment hebt Lajos von Bolvary einen schweren Hammer und läßt ihn von hinten auf den Kopf des Ministers niedersausen. Mit einem ächzenden Laut geht der schwer Getroffene zu Boden. Ein Mann in einem grauen Rock reißt seinen Pioniersäbel aus der Scheide, der Hieb mit der schweren Klinge trifft den Minister ins Gesicht.

Regungslos und blutüberströmt liegt der Minister in verkrampfter Stellung auf dem Pflaster des Platzes und gibt nur mehr schwache Lebenszeichen von sich. Aber die Rachsucht des Mobs ist damit noch nicht gestillt.

„Aufhängen, das Schwein!" brüllt die aufgebrachte Menge, die sich in einen hysterischen Blutrausch hineingesteigert hat.

Und schon packen fünf Mann das blutige Bündel, schleifen es zur nächsten Laterne. Urplötzlich sind auch eine Leiter und ein Strick da, und wenige Augenblicke später baumelt der nun reglose Körper des Kriegsministers an der Laterne.

Der Redaktionsbote Moritz, der in unmittelbarer Nähe stand, als die tödlichen Hiebe auf den Minister niederprasselten, ist entsetzt. Diese Brutalität, die Mordlust und das Johlen der Menge spürt er körperlich. Mit einem lauten Ächzen würgt er und übergibt sich.

„Lieber Gott", fleht er, „mach doch dem Ganzen ein Ende, sonst müssen wir alle noch sterben."

Es ist erst der Anfang.

29. Oktober 1848
Wien im Belagerungszustand

Ottokar Sulzer sitzt im Café Niebauer und rührt trübsinnig in seinem Kaffee, der zu einer geschmacklosen, leicht braungefärbten Brühe verkommen ist.

Alles ist knapp im Wien des Oktobers 1848: Seitdem vor einer Woche der Feldmarschall-Leutnant Fürst Windischgrätz zusammen mit den Truppen des Banus Jellacic die Stadt eingeschlossen und den Belagerungszustand verhängt hat, herrscht Not: an Lebensmitteln, an Wasser, an Munition und an Menschlichkeit.

An die fünfzigtausend Bürger, die es sich leisten können, haben auch die Stadt, in der Gewalt und Tod herrscht, verlassen. Und der Hof ist bereits nach den Vorfällen und der Lynchjustiz am Kriegsminister Latour nach Olmütz geflüchtet.

Zum Kommandanten der Nationalgarde hat sich nun der fünfunddreißigjährige Cäsar Wenzel Messenhauser ernannt, ein ehemaliger Leutnant des Deutschmeister-Regiments, der zwar grundanständig, aber ein miserabler Stratege ist.

Die Führung ist nach wie vor zerrissen und uneinheitlich: Das neu gebildete Studentenkommitee und ein Zentralausschuß der demokratischen Vereine regieren chaotisch zusammen mit dem Gemeinderat in der Stadt; der radikale Journalistenkollege Ludwig Hauk hat aus Akademikern ein „Elitekorps" zusammengestellt, und die Arbeiter und Handwerker kämpfen in Mobilgarden. Ein wilder Haufen, der sich nicht scheut, auch gegen eigene Leute, „Verräter", Aufwiegler und „Schwarz-Gelbe" vorzugehen,

„Aber die besten Kämpfer gegen die kaiserlichen

Truppen", wie Sulzer weiß, wenn er an den Löwenmut der Garden denkt, die sich unter Mißachtung ihres eigenen Lebens in die Schlacht werfen.

„Trotzdem vergeblich", sinniert der Journalist weiter, der nur zu gut die Übermacht des Gegners kennt. Insgesamt siebzigtausend Mann mit zweihundert Geschützen haben Windischgrätz und Jellacic um Wien vereinigt. Die Revolutionäre können dem nur fünfzehntausend schlecht ausgerüstete Kämpfer, darunter zahlreiche Frauen und Kinder, einunddreißig polnische Lanzenreiter und fünfundsiebzig alte Kanonen entgegensetzen.

„Kein Wunder", so resümiert Sulzer, „daß bereits die Vorstädte verlorengegangen sind und das unbarmherzige Artilleriebombardement schon zahlreiche Lücken in die Häuserzeilen der Innenstadt geschlagen hat und immer wieder nur mühsam zu löschende Brände entfacht werden."

Was auch unschwer an dem Kaffeehaus des Herrn Niebauer zu bemerken ist: Die Fensterscheiben sind zu Bruch gegangen und nur notdürftig mit Brettern vernagelt, durch deren Ritzen der permanent über der Stadt liegende Geruch verbrannten Holzes dringt.

„Ja, ja, Herr Niebauer", seufzt er zum Kaffeesieder, der eben die wackligen Tische abwischt, „jetzt geht's zu Ende mit der Revolution."

Der Lokalbesitzer, der sich bisher geschickt von seiner Einberufung zur kämpfenden Truppe entzogen hat, hält inne und meint: „Heut' ist doch die offizielle Kapitulation, soviel ich weiß. Endlich haben s' aufgegeben, diese chaotischen Revoluzzer. Dann wird's hoffentlich wieder einen ordentlichen Kaffee geben. Ist ja eine Schand', was ich heutzutag' meinen Gästen servieren muß."

Damit fährt er sich mit dem dreckigen Fetzen über die Stirn.

„He, Kathi“, ruft er seiner Tochter zu, die im Hintergrund mit Tassen und Tellern beschäftigt ist, „wo ist denn der Herr Adlatus vom hochwohlgeborenen Herrn Sulzer? Ihr steckt's doch in den letzten Tagen so oft die Köpf' z'samm, was sich für ein Mädchen deines Alters überhaupt nicht schickt. Das g'fallt mir gar nicht“, brummt er, jedoch mit mildem Unterton in der Stimme.

Das blonde Mädchen errötet bis zu den Ohren. „Er hat g'sagt, er geht am Stephansplatz, sich umschauen, ob's was Neues gibt!“

„Ja, der Bub scheint mir wirklich journalistisches Blut in den Adern zu haben. Überall steckt er seine Nas'n hinein.“

„Hoffentlich passiert ihm nichts“, setzt Kathi fort und macht dazu eine bekümmerte Miene, die sich jedoch sofort aufhellt, als Moritz bei der Kaffeehaustüre hereinstürmt.

„Ich such' Sie schon überall, Herr Sulzer“, ruft er, ohne die strahlende Kathi eines Blickes zu würdigen. „Ich war droben auf dem Stephansturm, ganz hoch in der Türmerstube. Und was glauben Sie, hab' ich gesehen?“

„Na was schon. Den angesoffenen Türmer vielleicht.“

„Den auch, doch diesmal war er stocknüchtern. Nein: Die ungarische Revolutionsarmee nähert sich Schwechat. Ich hab' schon das Mündungsfeuer ihrer Kanonen blitzen sehen und das Donnergrollen ihrer Abschüsse g'hört.“

„Geh, red keinen Unsinn. Die sind doch längst über alle Berge und trauen sich nie gegen den Windischgrätz antreten. Und schon gar nicht wegen ihrer revolutionären Brüder in Wien."

„Aber es stimmt. Der Türmer hat's auch gesagt: Das sind die Ungarn!"

„Also doch ang'soffen, der Mensch!"

In diesem Moment hebt vor der Türe ein Tumult an, es ertönen Rufe: „Auf zum letzten Gefecht!", die Türe wird aufgerissen, und herein poltern sieben Mitglieder der Mobilgarde. An der Spitze der Maurergeselle Johann Wagner, in dessen Gürtel zwei Pistolen stecken. In der Rechten hält er eine lange Flinte und mit der anderen Hand einen schweren Säbel.

„Wo sind hier die Feiglinge, Kompromißler und Kapitulanten?" gröhlt er, und seine Begleiter wiehern.

Von den Männern geht ein penetranter Alkoholgestank aus, Sulzer bemerkt, daß sich die beiden zuletzt Eintretenden kaum mehr gerade auf den Beinen halten können, und sein Magen krampft sich zusammen.

„Solche Leute gibt es hier nicht", antwortet er ruhig und erkennt erst jetzt im Anführer den Maurer, der ihm bei seinen Einsätzen immer wieder untergekommen ist.

„Kusch, du schwarz-gelbe Sau!" schreit ihn ein bis an die Zähne bewaffneter Kumpan des Maurers an, tritt gegen seinen Sessel, sodaß der Journalist schwer zu Boden stürzt.

Kathi schreit auf, Moritz springt zu dem benommenen Sulzer, der sich mühsam hochrappelt. Kaffeesieder Niebauer, der hinter einem Sessel in Deckung gegangen ist, bringt nur ein: „Also meine Herren, das ist doch . . ." hervor. Da ist der Maurer schon bei ihm, drückt ihm die Säbelspitze gegen die Kehle.

„Ah, was hab'n wir denn da. Einen Marodeur und

Drückeberger der reaktionären Art. Während deine Brüder im Kampf für die Freiheit auf den Linienwällen ihr Leben opfern, sitzt der Herr hinter dem Ofen und wärmt sich den Arsch."

Mit schlotternden Knien ist der Kaffeehausbesitzer immer weiter zurückgewichen, steht nun mit dem Rücken zur Wand und bringt keinen Ton hervor.

„Wo ist deine Einberufungskarte zur Bürgerwehr, du reaktionäres Schwein", fährt ihn der Maurer an und verstärkt den Druck der Säbelspitze.

Niebauer schweigt weiter.

„Vielleicht müssen wir ihn auf and're Art zum Reden bringen", zischt einer seiner Komplizen, der durch eine häßliche Narbe im Gesicht verunstaltet ist. Damit springt er auf Kathi zu, packt sie am blonden Schopf, reißt ihren Kopf zurück und setzt ihr seinen spitzen Dolch an die Brust.

Moritz, der die Szene mit schreckgeweiteten Augen verfolgt hat, ist wie von Sinnen. Er sieht nur seine Kathi in Gefahr, springt auf, packt sich ein abgebrochenes Bein von Sulzers Stuhl, ist mit drei schnellen, lautlosen Schritten hinter dem Gardisten und läßt mit voller Wucht den Knüppel auf den Schädel des Mannes niedersausen. Dieser gibt ein lautes Ächzen von sich und fällt polternd zu Boden. Kathi reißt sich los und ist mit einem Satz hinter dem Ladentisch verschwunden. Wagner läßt den Kaffeehausbesitzer überrascht los, wirft seine Flinte zu Boden und packt Moritz am Kragen.

„Saubub, i glaub', du bist lebensmüde!"

Damit hebt er seinen Säbel, um dem Knaben eines drüberzuziehen. Plötzlich hält er inne, und in seinen Augen glimmt der Funken des Erkennens.

„Da hol' mich doch der Teufel. Moritz, du Teufelsbraten. Schon wieder läufst du mir über den Weg. Aber gleich mit einem Prügel?“

Nun erkennt auch der Knabe den Maurer, jenen Mann, der ihn damals gegen den brutalen Vorarbeiter am Bau der Alt-Lerchenfelder Kirche mutig verteidigt hat.

„Herr Johann“, lacht er erleichtert, „wie kommen Sie zu einem solchen wilden Haufen?“

Die Miene von Wagner, der mittlerweile seinen Säbel hat sinken lassen, verfinstert sich.

„Wir sind die Stützen der Revolution und angetreten zum letzten Gefecht gegen Reaktion und Unterdrückung. Und da gibt’s kein Mitleid mit Verrätern und Saboteuren. Wo gehobelt wird, da fall’n eben Späne“, schließt er und erklärt seinen Kumpanen die Begleitumstände seiner Bekanntschaft mit dem Knaben.

„Und wer ist der da?“ fragt er Moritz und deutet auf Sulzer, der sich nun mühsam aufrappelt.

„Das ist der Berichterstatter Ottokar Sulzer vom Wiener Tagblatt. Aber den müssen S’ doch auch kennen, Herr Johann. Wir waren damals bei der Praterschlacht dabei.“

„Ah ja, jetzt erinnere ich mich. Also, dann nichts für ungut, Herr Journalist“, entschuldigt sich Wagner, hilft ihm auf die Beine und klopft ihm linkisch den Staub von den Hosenbeinen.

„Es war nicht bös’ gemeint!“

In Sulzer, der sich immer noch den angeschlagenen Arm reibt, erwacht trotz Schmerz die journalistische Neugierde.

„Was macht’s denn ihr schon wieder auf der Straße? Ich denk’, heute wird die Kapitulation unterzeichnet. Und an eurer Stell’ wär’ ich schon längst über alle Berge und tät' nicht friedliche Bürger, die genug von der Revolution haben, malträtieren."

„Nichts da mit Kapitulation", donnert der Maurer in den Raum, und seine bewaffneten Gesellen lachen blöde, „die revolutionären Truppen Kossuths kommen uns mit achtzigtausend Mann zu Hilfe, und sie werden den Herrn Windischgrätz und den kecken kroatischen Ban für die Leiden der Wiener Revolutionäre zahlen lassen. Für jeden toten Arbeiter werden wir zehn Kaisertreue sterben lassen!"

„Na, was hab' ich gesagt", ergänzt Moritz triumphierend, zu Sulzer gewandt, „hab' ich doch recht gehabt."

„Heißt das, daß die linksradikale Führung den Waffenstillstand einseitig gebrochen hat, Herr Wagner?" stößt Sulzer nach.

„Na sowieso!" grölt einer aus den Reihen der Mobilgarde. „Kein Friede ohne Sieg der Revolution."

„Dann gute Nacht, mein liebes Wien", murmelt Sulzer nur.

Ein lautes Stöhnen kündigt an, daß der von Moritz Niedergeschlagene wieder zu Bewußtsein kommt, und einer der Gardisten schüttet ihm noch als Draufgabe einen Krug eiskaltes Wasser über den Schädel.

„Und du willst gegen die Serressaner kämpfen, wo dich schon ein Bub niederhaut!" lachen die anderen, als er nun aufspringt, nach seinem Dolch sucht und brüllt: „Wo ist des G'frast, das mir eine verpaßt hat?"

Schallendes Gelächter ist die Folge, und Wagner tritt zu ihm hin und legt ihm beschwichtigend die Hand auf die Schulter.

„Es war ein Irrtum, mein Alter", prustet er heraus, „und der junge Mann hat sich für seinen Fehler bereits bei mir entschuldigt. Da ich der Vorgesetzte bin"

— damit fixiert er den immer noch Unschlüssigen mit gefährlichen Augen —, „habe ich die Entschuldigung angenommen, und damit ist die Sach' aus der Welt!"

„Aber die Verrätersau", damit deutet er auf den Kaffeesieder Niebauer, „muß mit. Der wird an vorderster Front mit uns Schulter an Schulter kämpfen. Und wenn er nicht schießen kann, dann ist er wenigstens als Kugelfang gut!"

Wagner zögert kurz, erkennt aber, daß er sich bei den Trunkenbolden nicht zuviel erlauben darf, und gibt schließlich nach.

„Also gut, kommen S' mit. Ich ernenne Sie hiemit zum Mitglied der Mobilgarde. Haben S' ein G'wehr?"

Niebauer schüttelt verneinend den Kopf.

„Auch gut, kriegen S' halt einen Säbel. Also dann, auf geht's"!

Damit nehmen sie den völlig verzweifelten Lokalbesitzer in die Mitte. Bevor sie auf die Straße treten, dreht sich Wagner noch einmal um und spricht zu Sulzer mit drohendem Unterton: „Ich hoffe, Herr Redakteur, daß der aufopfernde Einsatz der Mobilgarde in entsprechender Weise in der Presse gewürdigt wird."

Und draußen sind sie. Zurück bleiben der fassungslose Sulzer und Moritz, der heftig bemüht ist, die schluchzende Kathi zu trösten.

30. Oktober 1848
Tod an der Barrikade

An der Barrikade in der Jägerzeile herrscht Tod und Verderben. Schon seit Stunden wogt das blutige

Gefecht hin und her, begleitet vom Donnern der Kanonen, dem bösartigen Pfeifen der Schrapnelle, dem hellen, lauten Knall der Gewehre, dem Prasseln des niederfallenden Schutts und dem Trommelwirbel.

Über allem jedoch liegt der beißende Pulverqualm, der sich zu einem wahren Nebel verdichtet hat und Tränen in die Augen treibt. Die brennenden Häuser ringsum strahlen eine unerträgliche Hitze aus, und von überall ist das Stöhnen und Schreien der Verwundeten zu hören.

Das Kommando auf seiten der Revolutionäre hat der dreiundfünfzigjährige General der Artillerie, Jozef Bem, ein polnischer Berufsrevolutionär, übernommen, der sich bei der Verteidigung der Vorstädte zwar bewährt hat, doch der Übermacht weichen mußte. Er ist ein Verfechter der „offensiven Verteidigung", was nichts anderes heißt, als daß er in zynischer und menschenverachtender Art seine Leute immer wieder zu Gegenangriffen über die Barrikaden hinweghetzt, was bisher einen schrecklichen Blutzoll gekostet hat.

Die bis vor kurzem stolze und fanatische Schar der Verteidiger, Mitglieder der Nationalgarde, der Mobilgarde und des Elitekorps der Studenten ist bereits bedenklich geschrumpft. Kaum noch einer unter ihnen, der ohne Verletzung davongekommen ist.

Frauen und Kinder aus den umliegenden Häusern, die sich nicht in ihren Kellern verkrochen haben, sind unentwegt bemüht, die Verwundeten zu verbinden, mit Wasser zu versorgen. Doch in manchen Fällen können sie nichts mehr anderes tun, als tröstliche Worte spenden. Und zunehmend wird alles knapp: Munition, Verbandstoff und Wasser.

Auf der anderen Seite, in Richtung des Pratersterns, stehen die kaiserlichen Truppen unter der Führung des Oberst von Holzbach, jenes Mannes, der am Bahnhof von seiten seines Leutnants und der meuternden Grenadiere eine Schlappe erlitten hat. Er hat die demütigende Szene am Perron nicht vergessen und ist nahezu besessen davon, die Beteiligten von damals zur Verantwortung zu ziehen.

Seine Pioniere haben aus dem Straßenpflaster einen Schutzwall errichtet, unter dessen Schutz die Artillerie pausenlos ihre schweren Geschoße gegen die Barrikade der Revolutionäre losschickt. Dahinter wartet in Reih und Glied eine Kompanie kampferprobter Infanteristen auf ihren Einsatz, die von einer Kompanie der kroatischen Truppen des Banus Jellacic verstärkt wird.

Diese berittenen „Serressaner“, wie sie genannt werden, sind ein wilder Haufen blutrünstiger Gesellen. Sie kennen weder Furcht noch Mitleid und machen keinen Unterschied zwischen Schuldigen oder Unschuldigen, Soldaten oder Frauen. Sie kennen nur eines: Töten, Plündern und Vergewaltigen.

Lajos von Bolvary, nunmehr Mitglied des akademischen „Elitekorps“, rüttelt an der Schulter einer staubüberkrusteten Gestalt, die sich hinter einem Berg von Kisten in den Boden gekrallt hat.

„Stehän Sie auf, Herr Abgeordneter, wir müssen, glaub' ich, hier wäg!“ schreit er dem am Boden Liegenden ins Ohr.

Sein Ruf geht unter in einem schrillen Pfeifen heranorgelnder Artilleriegranaten, die mit ohrenbetäubendem Krachen in die Hausmauer einschlagen. Heiße Eisensplitter surren über die Köpfe der beiden, mit dumpfem Poltern fallen Fassadenteile auf das Pflaster, Flammen schlagen aus den Fenstern.

Der Abgeordnete Robert Blum, vor Monaten aus Frankfurt nach Wien gekommen, um hier die Revolution mitzuerleben, wimmert nur. Noch im Juli hat er an seine Gattin in einem Brief geschrieben: „Wien ist prächtig, herrlich, die liebenswürdigste Stadt, die ich je gesehen; dabei revolutionär in Fleisch und Blut. Die Leute treiben die Revolution gemütlich, aber gründlich. Die Verteidigungsanstalten sind furchtbar, die Kampfbegier grenzenlos . . ."

Nun ist von Gemütlichkeit keine Spur mehr, die halbe Stadt ein Trümmerhaufen und aus dem rundlichen Gesicht des Frankfurter Abgeordneten mit einem bereits leicht angegrauten Backenbart spricht die nackte Todesangst.

„Ich . . ., ich kann nicht mehr", stammelt Blum und blickt den Studenten flehentlich an, „helfen Sie mir, guter Freund. Ich muß weg hier, schnell . . . Die bringen uns alle um!"

In diesem Augenblick kommt eine Gruppe grölender Gestalten an die Barrikade, in ihrer Mitte zerren sie einen beleibten Mann mit, der mehr stolpert als geht. Die Mobilgarde hat unter der Anführung des Maurers Johann Wagner zusammen mit dem von ihnen rekrutierten Kaffeehausbesitzer Johann Nepomuk Niebauer die Kampflinie erreicht. Wagner ist nun schon sichtlich betrunken. Trotzdem tritt er voll Kampfeslust — oder vielleicht gerade deswegen — zu Bolvary und dem Abgeordneten. Dabei läßt er den Ärmel des Kaffeesieders los, der erschöpft zu Boden fällt.

„Was ist los?" fragt er den Studenten und blickt feindselig auf den Abgeordneten Blum.

„Vielleicht ein Saboteur, ein Kapitel . . ., Kapitalunt . . ., äh, Kapitalist (seine Trunkenheit macht ihm Probleme), na, ein Kapitulant . . . na das ich's rausbring'. Da machen wir am besten gleich kurzen Prozeß!"

„Nein, nein, Bruder", antwortet von Bolvary schnell, „das ist der Abgeordnete Blum, der hier als Beobachter weilt."

„Ah", grölt der Maurer, „Freunde, hört's her, wir haben auch Zuschauer beim allerletzten Gefecht. Na, dann schaun S' gut zu, Herr Blum, oder wie Sie heißen. Beobachten Sie, wie wir die Schwarzgelben in Stücke hacken."

Und an seine Kumpanen gewendet: „Stimmt's, Burschen, oder hab' ich recht!"

Johlendes Gewieher seiner Kameraden ist die Antwort, das umso lauter dröhnt, da plötzlich der Kanonendonner verstummt ist. Nur das Prasseln des Feuers, das Stöhnen der Verwundeten und das Klirren der Waffen ist zu hören.

„Halt, da braut sich was zusammen!" wird der Maurer nun ernst und lugt durch den Spalt der Barrikade.

„Alarm, Alarm", brüllt er auf, „die kaiserlichen Truppen greifen an!"

Und schon prasseln Geschoße in die Barrikaden, pfeifen Kugeln über die Köpfe der Verteidiger hinweg. Die Truppen des Oberst Josef von Holzbach haben sich in Bewegung gesetzt. Vorneweg die Pioniere, die den Befehl haben, eine Lücke in die Barrikade zu sprengen. Knapp hinter ihnen die kroatischen Serressaner, die vorerst über deren Köpfe hinweg ein Sperrfeuer schießen, um danach den Angriff vorzubereiten. Als letzte die Infanterie, die mit gefälltem Bajonett in die Barrikade einbrechen wird.

Im Kugelhagel der Berittenen versuchen die Verteidiger der Barrikade, den Angriff der Pioniere abzuwehren. Manch einer wird getroffen, aber in Windeseile sind sie heran, die Sprengladungen explodieren, und schon ist in der Barrikade eine Lücke, so breit wie ein Fiaker.

In diesem Moment sind auch schon die Kroaten mit ihren Pferden heran, reißen ihre Säbel aus den Scheiden und lassen sich von den Gäulen auf ihre Gegner fallen. Überall ist Pferdegewieher, das Knallen von Gewehren und Pistolenschüssen, das Sausen der schweren, blinkenden Säbel zu hören.

Hoch auf dem Rest der Barrikade steht einer der rotgewandeten Serressaner, ein Bajonett zwischen den Zähnen, in den Händen Pistolen.

Lajos von Bolvary sieht die drohenden Läufe auf sich gerichtet, er hebt sein Gewehr, der Schuß knallt los, daß Bolvary meint, seine Schulter sei zerschmettert — der Serressaner kollert, tödlich in die Brust getroffen, die Steine und Kisten hinab. Bolvary greift in seine Kugeltasche, um nachzuladen — es war die letzte Kugel. Er greift nach einem herumliegenden Kavalleriesäbel, schwingt ihn hoch und ruft: „Es lebä die Freiheit!"

In diesem Moment trifft ihn ein Säbelhieb eines Kroaten von hinten in den Nacken, und er sinkt tödlich getroffen zu Boden.

Doch auch dem Maurer Johann Wagner von der Mobilgarde geht es nicht viel besser. Er hat mit seinen sieben Freunden eine lebende Festung gebildet. Rükken an Rücken stehen sie, aus zahlreichen Wunden blutend, mit finsteren Gesichtern, wortlos kämpfend. Aber einer nach dem anderen stürzt zu Boden. Mit übermächtiger Anstrengung hebt Wagner noch einmal sein Bajonett, um einen der herankommenden

Infanteristen abzuwehren, dann bricht er zusammen. Die über ihn hinweggehenden Hufe der Pferde spürt er nicht mehr.

Verwirrt blickt der Abgeordnete Blum herum, der wie durch ein Wunder unverletzt geblieben ist. Plötzlich erwacht er und tritt mit zittrigen Knien die Flucht über Kisten, Schutt und Verwundete hinweg in Richtung Ferdinandsbrücke an. Da hört er plötzlich in seinem Rücken Pferdegetrappel. Sein Atem geht stoßweise, sein Herz rast wie wild, als er wie wahnsinnig zu laufen beginnt. Das Hufgeklapper kommt immer näher. Jeden Moment erwartet der nun völlig außer sich geratene Mann einen Schuß oder einen Säbelstoß in den Rücken.

„Jetzt bin ich verloren", denkt er, als sich das Roß auf gleicher Höhe mit ihm befindet.

Doch der tödliche Hieb bleibt aus. Der Reiter sprengt an ihm vorbei, ohne ihn eines Blickes zu würdigen, und verschwindet in der Praterstraße.

Blum hat den Flüchtenden erkannt: Es war der polnische General Jozef Bem, der glorreiche Verteidiger der Barrikaden, der nun seine Truppen schmählich im Stich läßt.

„Dieses Schwein, dieses elende Schwein", murmelt Blum und schüttelt ihm die Faust nach. Tränen der Wut steigen in seine Augen, aber auch der Freude.

„Noch einmal davongekommen!" dankt der Abgeordnete seinem Schicksal. Ein verhängnisvoller Irrtum, wie sich wenig später herausstellen soll.

31. Oktober 1848
Im Hauptquartier der Revolution

Ottokar Sulzer, der Berichterstatter des Wiener Tagblatt, ist einem Wutanfall nahe. Seit geraumer Zeit irrt er in der Wiener Stallburg, dem Hauptsitz der Verteidiger Wiens, herum, heftig bemüht, den Oberkommandanten Cäsar Wenzel Messenhauser zu finden und ihn zur aktuellen Lage zu befragen. Das düstere Gebäude gleicht einem Irrenhaus.

Unzählige Menschen kommen und schleppen Kisten herbei, manche tragen wieder welche hinaus, Herren des Gemeinderates eilen geschäftig umher, scheinbar jedoch ohne Ziel. Verdreckte und blutverschmierte Mitglieder der Mobilgarde und des Elitekorps kommen und gehen oder lassen sich erschöpft auf einem der langen Gänge nieder.

„Ja sind denn da alle narrisch 'worden!“ schreit er den verdutzten Moritz, der ihn natürlich begleitet, an und tritt dem an ihm vorübereilenden Mann in den Weg.

„Sagen Sie, lieber Herr, wo find' ich denn den hochwohlgeborenen Herrn Oberkommandanten?“

Der dermaßen Angesprochene, der Gemeinderat Carl Pranter, der seinen Unmut nur mühsam unterdrücken kann, meint — ohne anzuhalten — nur wegwerfend: „Na, wo wird er schon sein, oben im ersten Stock im Sitzungszimmer tagen die Affen in Permanenz. Das haben wir jetzt davon.“

Und weg ist er.

Als Sulzer und sein Schatten das Zimmer endlich gefunden haben und sie den Raum betreten, spüren sie sofort die angespannte Atmosphäre, die zwischen den Anwesenden herrscht. Wenzel Messenhauser in der blauen Uniform der Nationalgarde rauft sich seinen Vollbart, die buschigen Augenbrauen, die über der Nase zusammenwachsen, sind gesträubt, und er poltert los.

„Was stürmen Sie hier unangemeldet herein, Herr. Ist das eine Art. Was wollen Sie und Ihr Bengel hier?"

Sulzer würgt eine gepfefferte Antwort auf die rohe Frage dieses Amateur-Revolutionärs hinunter, stellt sich höflich vor und begründet sein Kommen.

„Was fragen S' da mich. Ich bin abgesetzt, weil ich für einen Waffenstillstand war. Fragen S' doch den neuen Kommandanten, da, meinen Ex-Stellvertreter, den Herrn von Fenneberg."

Damit deutet er auf einen im Raum sitzenden Manne.

Daniel Fenneberg, der linksradikale Sohn eines k.u.k. Generals, erhebt sich langsam, und seine vornehme Gestalt steht ganz im Gegensatz zu seiner Ansprache.

„Kurz gesagt, die Lage ist beschissen. Trotz todesmutiger Kampfbegier sind die Verteidiger Wiens an allen Ecken und Enden untergegangen. Am Gloggnitzer Bahnhof, am Praterstern, in der Jägerzeile, an der Favoritner Linie, an der St. Marxer Linie — kurz gesagt, überall haben unsere Truppen gegen die wohlgerüstete Übermacht der Kaiserlichen das Feld räumen müssen."

„Und die ungarische Revolutionsarmee, was ist mit der?" wirft Sulzer ein.

„Die haben zuerst einmal untereinander gestritten, ob sie uns zu Hilfe kommen sollen. Was der ausg'schamte Windischgrätz dazu benutzt hat, Verteidigungslinien am Laaer Berg und in Simmering zu errichten. Und wie sie sich dann doch entschlossen haben, uns zu helfen, haben sie schwer eine auf'n Deckel 'kriegt und sind wieder heimmarschiert."

„Heißt das, daß Sie mit deren Hilfe nicht mehr rechnen können?"

„Sehr wohl, Herr Redakteur. Und wie Sie sich unschwer davon überzeugen können" — damit öffnet er das Fenster, und Sulzer hört dumpfes Geschützgrollen —, „hat nun der Herr Feldmarschall mit seinem Banus aus Kroatien die Offensive auf Wien voll anrollen lassen, und wie ich die Lage einschätze, wird er auch in Kürze die Stadt einnehmen, und dann geht's uns allen an den . . ."

Damit macht er mit der Hand die Geste des Halsabschneidens. Hier schaltet sich Messenhauser eilfertig ein.

„Ich habe deshalb eine Proklamation an unsere Mitbürger erlassen, in der sie aufgefordert werden, die Waffen niederzulegen."

Dabei deutet er auf einen noch druckfeuchten Stapel von Plakaten. Sulzer wirft einen Blick darauf und liest nur die letzten Zeilen. „Legt die Waffen nieder und zeigt den einrückenden Waffenmännern, daß der Ordnungssinn, daß der wahre Heldenmut sich dem Unabwendbaren männlich fügt. Zeigt, daß ihr der Freiheit wert seid, und sie wird, sie muß euch werden."

„Und was werden Sie, meine Herren, jetzt tun? Es ist Ihnen doch klar, daß Ihnen die schwerste Strafe droht. Immerhin hat der Feldmarschall Windischgrätz den Belagerungszustand und das Standrecht proklamiert. Das heißt, auf alle Anführer wartet der Tod."

Messenhauser, der scheinbar zum ersten Mal überhaupt mit dem Gedanken konfrontiert ist, wird bleich bis zum Haaransatz, blickt seinen Stellvertreter nur ratlos an und stammelt dann: „Wir werden uns dem gerechten Spruch seiner allerhöchsten Majestät unterwerfen, und ich bin sicher, daß sich unser gütiger Monarch nicht dazu hinreißen lassen wird, blindwütig Rache an jenen zu nehmen, die ja nur das Wohle des Volkes im Auge hatten."

Von Fenneberg schüttelt über soviel Naivität nur den Kopf und meint gedehnt: „Also ich verlass' mich nicht auf die Gnade des Herrn Windischgrätz. Wenn der kommt, bin ich schon über alle Berge."

Sulzer und Moritz sehen sich nur stumm an. Die Ratten verlassen das sinkende Schiff. Als sie wieder auf der Straße stehen, atmet Sulzer tief durch.

„Da hast wieder einmal die ehrenhafte Gesinnung dieser Revolutionäre gesehen", meint er nur mit angewiderter Miene. „Komm, laß uns schnell in die Redaktion gehen, ich glaub', es wird gleich viel schlimmer werden!"

Als sie zum Hohen Markt kommen, der menschenleer ist, geht es auch los. Granaten pfeifen heran, schlagen in die Dächer der Häuser ein, ein Prasseln von Schutt und Staub untermalt dieses Höllenspektakel. Aber noch ein Geräusch ist über dem Platz zu hören. Eine Trommel, auf der der Generalmarsch geschlagen wird.

Kurz darauf erkennt Moritz auch, woher die Musik kommt. Quer über den Platz schreitet ein etwa zehnjähriger Knabe, der eine schwarz-rot-goldene Fahne trägt, hinter ihm folgt ein etwa fünzigjähriger Arbeiter, der auf einer Trommel den Marsch schlägt. Unberührt und ohne auf die herumfliegenden Splitter und Trümmer zu achten, marschieren die beiden mit leeren Blicken über den Platz. Sulzer, der die gespenstische Szene mit Tränen in den Augen beobachtet, preßt nur hervor: „Das ist das Ende der Revolution!“

***

Als die beiden nach einem Hetzlauf zwischen explodierenden Granaten, herabstürzenden Trümmern und brennenden Häusern in der Redaktion ankommen, wartet dort bereits eine völlig aufgelöste Katharina Niebauer auf sie.

„Kathi!“ ruft Moritz und springt auf das Mädchen zu, dem die Tränen die Wangen hinunterfließen. „Was ist passiert?“

„Der Vater, der Vater . . .“, kommt es nur über ihre Lippen, die jegliche Farbe verloren haben.

„Was ist mit ihm?“ schüttelt sie Moritz von eisigem Schreck durchzuckt. „Ist er tot, der Herr Vater?“

„Nein, nein, das nicht. Aber er ist nach Hause gekommen und hat sich versteckt, er sagt, er ist ein Deserteur und die Mobilgarden werden ihn exekutieren!“

Tatsächlich ist der Kaffeehausbesitzer Johann Nepomuk Niebauer dem Massaker an der Barrikade in der Jägerzeile entkommen. In einer mannshohen Kiste versteckt, mit schlotternden Knien und klappernden Zähnen hat er über und neben sich das Blutbad miterlebt. Und als die Truppen des Oberst Holzbach vorüber waren, hat er sich aus seinem Versteck herausgewagt und ist auf Umwegen in sein Café zurückgekehrt.

„Kinderl, die Revolution ist vorbei, und die Mobilgarden haben nichts mehr zu vermelden“, beruhigt Sulzer das immer noch zitternde Mädchen, „davor braucht er wirklich keine Angst mehr zu haben.“

Kathi blickt ihn aus verweinten Augen an.

„Ist das wahr? Können S' ihm das selber sagen? Mir glaubt er ja nie was."

Sulzer überlegt kurz und meint dann: „Na klar, ich kann jetzt eh einen Kaffee brauchen. Komm, Moritz, wir gehen hin, um dem Herrn Kaffeesieder die frohe Botschaft zu übermitteln."

Moritz fällt ein Stein vom Herzen. Zusammen eilen sie zu dem Lokal, das Artilleriefeuer hat mittlerweile nachgelassen. Als sie in die Straße einbiegen und die wohlvertrauten Fensterläden vor sich wähnen, gefriert ihnen jedoch das Blut in den Adern! Aus den Fenstern schlagen ihnen helle Flammen entgegen, das Lokal ist eine Gluthölle, und der Wind schlägt ihnen einen unerträglich heißen Hauch entgegen, daß Moritz seine Augen mit dem Arm schützen muß.

Kathi reißt sich los, schreit nur „Vater, Vater" und ist im Begriff, sich in die Flammen zu stürzen. Sulzer springt ihr nach, kann sie noch am Rocksaum erwischen und zerrt Kathi, die sich tobend dagegen wehrt, zurück.

„Ich muß meinen Vater retten, lassen Sie mich los!"

„Mädchen, sei g'scheit, da gibt's nichts mehr zu retten. Wenn du da reingehst, gibt's für dich auch keine Hilfe mehr."

Nun schluchzt das Mädchen hemmungslos, ihr schmaler Körper wird geschüttelt, und in Moritz dreht sich das Herz im Leibe um.

„Ist schon gut", stammelt er nur hilflos, streicht ihr über das blonde Haar und versucht, ihre Tränen zu stillen.

Doch das Schluchzen will kein Ende nehmen.

„Ob in dieser Stadt noch jemals was gut werden

wird?“ überlegt sich Sulzer vom Leid des Mädchens tief getroffen.

1. November 1848
Das Militär übernimmt die Macht

Feldmarschall Alfred Fürst von Windischgrätz streicht sich zufrieden über seinen gepflegten Schnurrbart. Seine roten Hosen mit der goldroten Schärpe leuchten im Licht der Kerzen, die im Festsaal des Schlosses Hetzendorf, wo der Fürst sein Hauptquartier aufgeschlagen hat, entzündet wurden. Mit Wohlgefallen betrachtet er den großen Kartentisch vor sich, wo über Tage hinweg Fähnchen und Figuren hin und her geschoben worden sind. Jene, die die ungarische Revolutionsarmee markieren, hat er über die Grenze des Königreichs Ungarn verschoben, die Abzeichen der eigenen Truppen und jene des Banus Jellacic sind im Herzen Wiens konzentriert.

„Das wäre geschafft“, murmelt er vor sich hin und reibt sich die Hände. In diesem Moment öffnen sich die Flügeltüren, und der Generalstab unter der Führung des Generalmajors Baron Erwin Cordon, gut 15 Mann stark, tritt ein. Unter den Uniformen mit ihren blitzenden Knöpfen, vergoldeten Tressen und klappernden Säbeln fällt eine Gestalt auf, die so gar nicht in diesen militärischen Rahmen paßt: Ganz in Schwarz gekleidet, seinen Spazierstock in der einen, den Zylinder in der anderen Hand betritt auch der Reichstagsabgeordnete Ernst von Sternberg den Saal. Er hat überraschend am Nachmittag eine Nachricht erhalten, sich im Hauptquartier des Fürsten einzufinden.

Anlaß dieser Einladung — oder auch Befehls — ist ein Aviso des Kaisers aus Olmütz gewesen, das Windischgrätz anwies, bei künftigem Vorgehen sich des Rates des Abgeordneten zu versichern, was der alte Haudegen zwar mit einem verächtlichen „Protektionskind“ abgetan, aber letztendlich zu befolgen hat. Trotzdem kann er sich nicht überwinden, den Abgeordneten gesondert zu begrüßen, nickt ihm nur kurz zu und kommt ohne Umschweife in gewohnt knapper militärischer Form zur Sache.

„Meine Herren, Ihr Bericht zur Lage!“

Baron Cordon schnellt nach vor und spult mit roten Ohren seinen Bericht herunter.

„Exzellenz, unsere kaiserlich-königlichen Truppen haben wie Helden gefochten, und es ist uns gelungen, unter selbstlosem Einsatz des eigenen Lebens gegenüber jener schurkischen und aufrührerischen Wühlpartei einen glorreichen Sieg auf allen Linien zu erringen! Dazu muß ich alleruntertänigst bemerken, daß gerade die geniale Strategie Eurer Ex . . .“

An dieser Stelle unterbricht ihn der Fürst ungehalten, der schon im Verlauf der Ansprache ungeduldig auf den Kartentisch getrommelt hat.

„Baron“, sagt er mit müder Stimme, der aber ein gefährlicher Unterton anhaftet, „ich wollte keinen Lobgesang auf unsere bekannt tapferen Truppen und schon gar nicht auf meine Person, sondern einen Lagebericht. Wollen Sie so freundlich sein und mir jetzt einen ebensolchen geben?“ Dabei lächelt er derart penetrant, daß sich die anderen im Raume gegen ein schadenfrohes Schmunzeln wehren müssen.

„Äh, jawohl, Bericht, Lage. Natürlich. Zu Befehl!“ stottert der Baron, der im Moment den Faden verloren hat.

Dann schildert er den Verlauf der letzten Kämpfe um die Barrikaden, besonders jenen blutigen am Wiener Stephansplatz, wo sich die Mobilgarden bis zum letzten Blutstropfen verteidigt haben, meldet die Besetzung sämtlicher öffentlicher Gebäude und das totale Niederbrennen des Odeons, jenes Vergnügungsetablissements, das zu den beliebtesten der Wiener gehört hatte. Was er besonders hervorhebt, ist das disziplinierte Verhalten der deutschsprechenden Truppen, die von ihren Offizieren mit Nachdruck angewiesen worden sind, sich korrekt gegenüber der Bevölkerung zu verhalten.

„Und die Kroaten?“ fragt Windischgrätz und meint dabei die verbündeten Truppen des Banus.

Der Baron schüttelt mit trauriger Miene den Kopf.

„Habe das Mißvergnügen, melden zu müssen, daß sich diese wie Barbaren benommen haben. Sie zogen mordend und plündernd durch die Stadt, haben ganze Familien abgeschlachtet und . . .“

„Schon gut, ich kenn' das. So ist eben der Krieg, wenn man sich mit Wilden einläßt.“

Er zieht nun einen vorbereiteten Zettel aus der Tasche, setzt sich seufzend und erklärt:

„Also, erlassen wir halt noch eine Proklamation, damit alles seine Ordnung hat. Schreiber, protokollieren Sie das und geben Sie es stante pede zum Drucke: In Ergänzung meiner Proklamation vom 23. Oktober . . . und so weiter und so weiter, Sie wissen schon, ordne ich an:

Numero 1: Der Belagerungszustand bleibt aufrecht mit allen damit verbundenen Rechten und so weiter und so weiter.

Numero 2: Die akademische Legion und die Nationalgarde sind aufgelöst.

Numero 3: Die Entwaffnung ist vom Gemeinderat innerhalb von 48 Stunden sicherzustellen.

Numero 4: Alle politischen Vereine werden geschlossen, Versammlungen von mehr als 10 Personen sind untersagt."

Hier hält der Fürst inne und erinnert sich des Abgeordneten von Sternberg.

„Apropos, Politik. Wie schaut's denn mit der hohen Politik aus, Herr Abgeordneter?"

Ernst von Sternberg, dem unter den Militaristen in seiner Haut nicht ganz wohl ist, tritt vor und antwortet: „Nun, Exzellenz, Wien war in den letzten Tagen ganz in den Händen der radikalen Führer. Der Gemeinderat tagte zwar seit 7. Oktober in Permanenz und beschloß auch am 29., die Stadt Euch auf Gnade und Ungnade auszuliefern, aber die linksradikalen Elemente haben es anders gewollt. Der Reichstag, der ebenfalls nur mehr als Rumpf existierte, war handlungsunfähig."

„Hab' ich gehört, hab' ich gehört. Aber was ist mit den Anführern der Revolutionäre? Dieser Naivling Messenhauser, sein Stellvertreter Fenneberg oder der Bauernanführer Kudlich. Was ist mit denen?"

„Messenhauser, so hörte ich, wird sich stellen und sich der Gerechtigkeit nicht entziehen, der Fenneberg und der Kudlich sind, vermute ich, bereits über alle Berge."

„Ah, das ist gut. Das ist die richtige Einstellung. Zuerst das Volk aufwiegeln und dann das Hasenpanier ergreifen. Na, die werden wir auch schon noch kriegen. Also", zum Schreiber gewandt, „notier Er weiter: Wer unter den k.u.k. Truppen zum Treuebruch aufgerufen hat; wer durch Wort oder Tat zum Aufruhr anreizt; wer bei einer Zusammenrottung mit einer Waffe in der Hand erwischt wird, unterliegt dem Standrecht."

Und zu seinen Generälen gemütlich grinsend gewandt: „Das heißt ruck, zuck an die Wand und . . ."

Eine unmißverständliche Geste läßt Sternberg es kalt über den Rücken laufen, denn nach ersten Schätzungen hat die Revolution schon bis jetzt an die zweitausend Tote gefordert.

„Apropos Erschießen", fährt Windischgrätz fort und blickt wieder auf Sternberg, „was macht denn die hochwohllöbliche Presse derzeit in Wien? Diesen Schmierereien werden wir jetzt ein Ende machen. Die sind die Hauptschuldigen an dem Schlamassel. Die haben das Volk erst richtig verhetzt. Was ich immer gesagt habe: Gibt's einmal keine Zensur, gibt das Volk keine Ruh'!"

Damit lacht er meckernd über den Einfall, und die Generäle fallen pflichteifrigst ein.

Sternberg, der für diese Art von Humor kein Verständnis hat und über die Knebelung der Presse anders denkt als der Feldmarschall, bleibt ruhig und meldet nur: „Da können Eure Exzellenz beruhigt sein, hier ist eine große Ruhe eingetreten. Von den hundertsiebzig im Laufe des Jahres neu gegründeten Zeitungen, zumeist Hetzblätter übelsten Inhalts, gibt es maximal noch zehn. Und die geben sich seit geraumer Zeit ebenfalls sehr gemäßigt."

„Immer noch viel zu viel. Schreiben S' auf: Die Presse bleibt vorläufig nach der Bestimmung des Punktes 4 der Proklamation vom 23. Oktober beschränkt . . ."

Damit erhebt er sich gut gelaunt und zu seinen Offizieren gewandt: „So, und jetzt gehen wir essen. Genug geleistet für heute. Kommen S' mit, Herr Abgeordneter, wenn Ihnen ein Kasino-Essen gut genug ist."

Ernst von Sternberg steht wie angewurzelt und blickt den hinausgehenden Militärs entgeistert nach.

„Damit fängt alles wieder von vorne an", murmelt er vor sich hin, stülpt seinen Zylinder auf den Kopf und verläßt das Schloß.

Der nächtliche Himmel über Wien ist immer noch von den wütenden Bränden gerötet.

9. November 1848
Das blutige Ende des Aufstandes

Ottokar Sulzer und sein Schatten Moritz sind unterwegs zum Sitz der Militärbehörde, um die neuesten Verlautbarungen, die wortgetreu abgedruckt werden müssen, in Empfang zu nehmen. Es handelt sich in der Regel um Selbstbeweihräucherungen der siegreichen Truppen, Proklamationen über die jüngsten Richtlinien, wie sich die Wiener zu verhalten haben, und die Androhung schrecklicher Strafen bei Nichtbefolgung der Vorschriften. In der Tat hat Windischgrätz und sein Zivil- und Militärgouvernement ein Schreckensregiment errichtet, das jede Regung nach Freiheit im Keime erstickt. Der Reichstag muß unter dem Druck der Besetzer seinen Sitz nach Kremsier in Mähren verlegen, ein rein theoretischer Vorgang, da neben dem Wort des Fürsten Windischgrätz sowieso nichts anderes gilt.

Männer und Frauen werden von bewaffneten Trupps auf offener Straße verhaftet oder aus ihren Wohnungen gezerrt, gleich ob sie während des Aufstandes eine führende Rolle gespielt haben oder nicht, die Hinrichtungskommandos der Militärbehörde sind voll beschäftigt.

Die Wiener haben Windischgrätz mit dem Beinamen „Bluthund“ bedacht. Auf der anderen Seite bricht jedoch schon wieder der Opportunismus durch. Schon sind Aufrufe und Flugschriften im Umlauf, die der „fürstlichen Durchlaucht den tiefgefühlten Dank für die Herstellung der gesetzlichen Ruhe und Ordnung“ aussprechen, und so mancher Bürger macht aus seinem Herzen keine Mördergrube, wenn er die strenge Bestrafung der Proletarier fordert, „die uns das alles eingebrockt haben“!

Sulzer seufzt tief und legt die Hand auf die Schulter von Moritz. Um sich etwas abzulenken, fragt er nebenbei: „Wie geht's denn der armen Kathi Niebauer, jetzt, wo sie auf so schreckliche Art ihren Vater verloren hat?“

„Die ist bei ihrer Tante, einer resoluten Witwe eines Buchhändlers auf der Landstraße, untergekommen. Sie hat selbst keine Kinder und hat sich rührend um sie angenommen. Zu rührend!“ endet Moritz und macht ein verdrießliches Gesicht.

„Was heißt das?“

„Na, was glauben Sie, macht sie, wenn ich zu Besuch komm'?“ fragt Moritz leicht aufgebracht zurück, ohne eine Antwort abzuwarten. „Läßt uns keinen Augenblick aus den Augen, füttert mich mit Gugelhupf und paßt auf wie ein Haftelmacher, daß ich ja keinen Augenblick mit der Kathi allein bin.“

„Ist doch klar. Du bist ein strammer, junger Mann, die Kathi auch in einem Alter...“

„Aber schließlich möcht' man doch mit jemand auch ein paar Worte ungestört wechseln können“, murrt Moritz altklug.

„Kommt schon noch, kommt schon noch, junger Freund“, beruhigt ihn der Journalist und erinnert sich an die Zeit, in der er ebenso jung und ungestüm gewesen ist.

Als sie in die Alser Gasse einbiegen, kommt ihnen ein langer Zug von Menschen entgegen, der sich schleppend die Straße entlangbewegt. Es sind Mitglieder der Nationalgarde, der Akademischen Legion und Mobilgarde, die unter schwerer Bewachung von Soldaten des Deutschmeister-Regiments die Häuser entlanggetrieben werden.

Von den stolzen Kämpfern der Oktober-Tage ist jedoch nur mehr ein jämmerlicher Haufen junger Menschen mit alten Gesichtern, denen das Grauen noch im Gesicht geschrieben steht, geblieben. Jene, die noch gerade gehen können, stützen und schleppen ihre verwundeten Kameraden, die mit ihren blutverkrusteten Verbänden stöhnend dahinhumpeln. Sie werden von den Soldaten mit Kolbenschlägen und Fußtritten weitergetrieben, gar mancher bricht nach dieser brutalen Behandlung zusammen, wird jedoch von der Wachmannschaft roh aufgerissen und zum Weitergehen gezwungen.

Nachdem der Zug, aus dem neben Stöhnen und Schlurfen kein Laut dringt, vorüber ist, faßt Sulzer einen Entschluß.

„Komm, wir gehen ihnen nach und schauen, wo sie sie hinbringen“ packt ihn die Neugier.

„Aber wir müssen ins Pressebüro“, zögert Moritz, dem sich beim Anblick dieses traurigen Zuges ein schwerer Druck auf die Brust gelegt hat und der mit den Tränen kämpft.

„Ah was“, wehrt Sulzer ab, „die sollen den Blödsinn selber drucken.“

Und schon macht er kehrt und folgt der Kolonne in einigem Abstand, und Moritz folgt ihm seufzend nach.

Der Schlußmann der Wachmannschaft, der neunzehnjährige Gefreite Fridolin Pichler, hat die beiden beobachtet und dreht sich in regelmäßigen Abständen nach ihnen um.

„Sehr verdächtig", murmelt er nur und beschließt, diese beiden Subjekte, sollten sie dem Zuge weiter folgen, nicht aus den Augen zu lassen. Was nicht besonders schwierig ist, denn der Journalist und der Knabe gehen gemächlich hinter dieser Kolonne des Leids her und folgen ihr auch, als diese in den Hof des Allgemeinen Krankenhauses getrieben wird. Wo ihnen allerdings der Atem stockt.

Entlang der Mauern des weiträumigen Hofes liegen unzählige Tote, die in den unmöglichsten Verkrampfungen erstarrt sind. Ein leichter Gestank verbreitet sich, und über die starren Augen und offenen Münder surren fette Fliegen.

Zwischen zahllosen Toten bewegen sich Menschen, immer von der wilden Hoffnung beseelt, unter diesen von Granaten zerfetzten, von Kugeln durchsiebten oder Säbelhieben entstellten Körpern ihren Vater, Bruder, Gatten oder Sohn nicht zu finden.

Über allem herrscht eine Wolke des Grauens und des Schmerzes, durchbrochen durch ein lautes Schluchzen, wenn eine der Frauen ihren Gatten unter den Leichen gefunden hat.

„Um Gottes willen", stöhnt Moritz auf, „das ist ja ein einziger Massenfriedhof!"

Sulzer hat Mühe, gegen seinen Ekel und seine aufsteigende Wut anzukämpfen. Er beobachtet nur, wie der Zug der Gefangenen in der Mitte des Hofes Aufstellung nehmen muß, die die ganze Szenerie nahezu teilnahmslos wahrnehmen.

„Komm, schnell weg hier", flüstert er von Grauen geschüttelt Moritz zu.

„Pst, pst, Herr Sulzer! Hier, ich bin's, Hilfe!" hört der Journalist ein eindringliches Flüstern.

Verwundert dreht er den Kopf, doch außer den stummen Leichen an der Hauswand ist jedoch nichts zu entdecken.

„Hier, Herr Sulzer, um Christi willen, helfen Sie mir!"

Sulzer wendet sich an Moritz: „Hast du das gehört?"

„Ja", erwidert Moritz, „ich glaub', das kommt da aus dem Stall!"

Damit deutet er mit dem Kopf zu einer Holztüre, die ins Innere des Krankenhauses führt. Und tatsächlich: Blitzschnell öffnet sich die Tür einen Spalt. Sulzer blickt sich schnell um, die Wachmannschaft hat sich im rauhen Novemberwind um ein schnell entfachtes Feuer versammelt und achtet weder auf die Gefangenen noch auf sonst etwas. Unauffällig nähert er sich der Tür, Moritz folgt ihm. Nochmals schauen sie sich vorsichtig um, doch alles ist ruhig. Mit einem Sprung verschwinden sie durch den Spalt und schließen leise die Tür.

Als sich ihre Augen an die Dunkelheit gewöhnt haben, erkennt Moritz den Mann: Der Medizinstudent Kaspar Wolf, Mitglied der mittlerweile in alle Winde zerstreuten Geheimorganisation „Schwarze Hand" und zuletzt Kommandant beim Elitekorps, steht vor ihnen. Mit einem schweren Verband um den Kopf, einer zerrissenen Uniform und über und über verschmiert von braunem, getrocknetem Blut.

Nun erkennt auch Sulzer den Mann, der sich immer als Rädelsführer bei allen Demonstrationen hervorgetan hat, und überrascht fährt er ihn an: „Was machen denn Sie da? Das ist doch Selbstmord, daß Sie überhaupt noch in Wien sind!"

„Was hätte ich denn tun sollen", entgegnet Wolf und erzählt, daß er beim letzten Kampf am Burgtor verwundet wurde, das Bewußtsein verlor und unter einem Berg von Leichen hier im Hof wieder zu sich kam.

„Zum Glück haben die geglaubt, ich bin eine Leiche", grinst er schadenfroh. „Aber im Gegenteil — ich war noch nie so lebendig wie jetzt!"

Und damit zieht er eine Pistole aus dem verdreckten und blutdurchkrusteten Hemd, schwingt sie bedrohlich und verkündet unter irrem Lachen: „Und jetzt geht's erst los, nun beginnt der Untergrundkampf gegen die verbrecherische Kamarilla des Herrn Windischgrätz. Meine Freunde und ich . . ."

„Ja sind Sie denn von allen guten Geistern verlassen", fährt ihn Sulzer an, „wissen Sie denn nicht, was da draußen los ist? Ihre Freunde sind entweder tot oder längst über alle Berge. Und das Militär führt ein Standgericht durch, daß das Blut nur so in Strömen fließt!"

„Es gibt noch eine Menge Gleichgesinnter, die die Revolution zu ihrem glorreichen Ende führen werden!" schreit nun Wolf auf.

Völlig von Sinnen springt er vor, brüllt: „Lassen Sie mich raus!" und wirft sich auf den Journalisten. Der stürzt zu Boden, doch auch Wolf stolpert. Dabei fällt ihm die Pistole zu Boden, die Moritz schnell ergreifen kann. Da wird plötzlich die Türe aufgerissen, und draußen stehen sechs Soldaten mit dem Gefreiten

Fridolin Pichler, der das Verschwinden der beiden hinter der Türe bemerkt hat. Verdutzt starren Moritz, Sulzer und Wolf in die Mündungen von sechs Gewehrläufen. Und Moritz hält die Pistole noch immer in der Hand. Mühsam rappelt sich Sulzer auf.

„Lassen Sie sich erklären, meine Herren . . ."

„Da gibt's nichts zu erklären, du aufrührerischer Hund. Wir wissen alles. Mit Waffengewalt die Gefangenen befreien und wieder einen Aufstand anzetteln."

Damit deutet er auf die Pistole in Moritz' Händen.

„Aber meine Herren Soldaten, das ist doch Unsinn. Ich bin Berichterstatter des Wiener Tagblatt. Hier, ich kann es Ihnen beweisen."

Damit greift er in seinen Rock und möchte dem Gefreiten das vom Stadtkommandanten gezeichnete Papier, das ihn als Journalisten ausweist, vorzeigen.

„Achtung!" ruft einer der Soldaten, als Sulzer diese Bewegung macht. Pichler sieht nur, daß der Mann in seinen Rock greift, Panik durchzuckt ihn, und sein Finger krümmt sich.

Der Schuß hallt in den engen Gemäuern wie Donner. Sulzer wird wie von einer Riesenfaust gepackt und gegen die Wand geschmettert. Da springt Moritz los und schreit auf: „Nein, bitte nein!". Er wirft die Pistole weg und geht mit blanken Fäusten auf den Soldaten los. Pichler hebt sein Gewehr und schmettert den Kolben auf den Kopf des Knaben. Plötzlich ist es schwarz und still um Moritz, dumpf poltert er zu Boden.

Der Gefreite Pichler blickt auf die drei reglosen Gestalten.

„Verhaften und vors Standgericht!" weist er seine Männer an. Dann spuckt er kräftig aus und geht wieder zum wärmenden Feuer zurück.

Moritz stöhnt leise und greift sich an den brummenden Schädel. Sofort zuckt er mit einem Schrei zurück, denn ein stechender Schmerz scheint ihn bis zur Zehe zu durchstoßen. Langsam kommt er zu Bewußtsein und erinnert sich wieder, was vorgefallen ist. Der irrsinnige Wolf, die vielen Leichen, wie die Soldaten vor ihnen gestanden sind und der Schuß auf Sulzer.

„Herr Sulzer!“ Er ruft es laut hinaus, will sich aufrichten, wird aber wieder sanft zurückgedrückt.

„Ruhig, Bub, ist ja schon gut. Bleib liegen und rühr dich nicht“, sagt eine dunkle, beruhigende Stimme zu ihm.

Er schlägt die Augen auf, die Umrisse um ihn werden schärfer, und er hat das rundliche, gemütliche Gesicht des Kaffeesieders Johann Nepomuk Niebauer vor sich, der ihm mit einem feuchten Tuch über die Stirne wischt.

„Bin ich im Himmel?“ fragt der Knabe, als er den Lokalbesitzer, der doch in den Flammen seines Geschäfts umgekommen ist, vor sich sieht. „Sie sind doch tot, Herr Niebauer.“

Damit will er sich ein zweites Mal aufrichten, aber plötzlich beginnt sich alles um ihn zu drehen, und wieder fällt er ächzend nach hinten.

„Offensichtlich nicht ganz“, grinst Niebauer, „greif mich an und du wirst merken, daß ich aus Fleisch und Blut bin. Ich hab’ mich doch aus Angst vor den Mobilgarden im Geschäft versteckt. Wer aber gekommen sind, waren die Kaiserlichen, die mich aufgegriffen, sofort verhaftet, mein Café angezündet und mich hierher gebracht haben.“

„Aber wo sind wir denn hier?“ fragt der Bub.

„Das ist der Keller der Infanterie-Kaserne, gleich

neben dem Allgemeinen Krankenhaus. Da haben sie alle Gefangenen erst einmal untergebracht, solange bis sie abgeurteilt sind. Und dann geht's entweder für Jahre ins Gefängnis oder . . .", Niebauer wischt sich mit zitternden Händen über die Nase, „sie erschießen dich gleich."

Damit zeigt er zum vergitterten Kellerfenster, durch das Marschtritt, scharfe Kommandos und in unregelmäßigen Abständen das Peitschen von Schüssen dringt. Als wieder eine Salve ertönt, klammert sich Moritz an den Kaffeehausbesitzer und schluchzt plötzlich.

„Herr Niebauer, haben Sie den Herrn Sulzer gesehen? Hoffentlich ist er nicht tot, wenn das passiert ist, dann weiß ich nicht, was ich tu'."

Damit schildert er die Szene, die sich im Stall des Allgemeinen Krankenhauses zugetragen hat, aber Niebauer kann nur mit den Schultern zucken.

„Tut mir leid, Moritz. Aber von dem Herrn Sulzer hab' ich nichts gesehen und gehört."

Moritz stöhnt leise vor sich hin, und erst jetzt hat er Gelegenheit, im Halbdunkel die Gestalten zu sehen, die zusammen mit ihnen hier festgehalten werden. Es ist eine gemischte Gesellschaft: Zum Teil ältere Bürger, die noch die schwarz-gelbe Kokarde an ihren Rockaufschlägen haben, aber auch Mitglieder der Nationalgarde, der Akademischen Legion und ein paar Arbeiter, die einen besonders erbarmungswürdigen Eindruck machen.

Moritz drängt sich zu ihnen und blickt auf den Hof, der im stumpfen Novembergrau daliegt, hinaus. Am einzigen Baum im Hofe sitzen ein paar Raben und geben krächzende Laute von sich.

Die Ruhe wird allerdings durch den Marschtritt eines Exekutionskommandos durchbrochen. Es sind Infanteriesoldaten in langen Mänteln, das Sturmgepäck mit den zusammengerollten Zeltplanen über den Schultern, ihre langen Seitengewehre baumeln im Takt mit. In ihrer Mitte ein bleicher Mann mit vollem Bart, in einfachen schwarzen Hosen, das weiße Hemd ohne Kragen bauscht sich im aufkommenden Novemberwind. Er scheint jedoch weder Kälte noch Umgebung wahrzunehmen, mit starrem Blick und hochaufgerichteter Stirne schreitet er scheinbar unbeeindruckt inmitten der Soldaten.

Plötzlich flüstert einer aus der Gruppe um Moritz, der die Szene mit geweiteten Augen verfolgt: „Das ist der Messenhauser, der letzte Kommandant von Wien, den s' jetzt füsilieren."

Der Oberst gibt einen scharfen Befehl, die Soldaten bilden eine Reihe von je sechs Mann, und Cäsar Wenzel Messenhauser geht ruhigen Schrittes auf die graue Wand zu und wendet sich dann seinen Exekutoren zu.

In knappen Worten verliest der Oberst, aus dessen Munde der Hauch wie Dampf entweicht, das Urteil des Militärgerichts, das Messenhauser mit unbeweglichem Gesicht anhört.

„Ich wollte nur das Beste für meine Landsleute", denkt er, als ihm der Kommandant die weiße Binde hinhält, und fragt:

„Haben Sie noch etwas zu sagen?"

Messenhauser überlegt kurz und ruft dann mit lauter Stimme: „Ideen können nicht erschossen werden!"

Dann knüpft ihm der Kommandant die Binde um den Kopf, Messenhauser kniet nieder.

Ein weiteres kurzes Kommando ertönt, die Soldaten legen ihr Gewehre an, ein metallisches Knacken verrät, daß die Hähne gespannt sind.

Der Oberst hebt seinen Säbel, der in der durchkommenden Sonne kurz aufblinkt.

„Feuer!“

Das Krachen der Salve wird hundertfach von den umliegenden Mauern zurückgeworfen. Nachdem der Rauch der Gewehrsalve verzogen ist, tritt ein Stabsarzt an den verkrümmt daliegenden ehemaligen Oberkommandanten der Nationalgarde heran und horcht ihn mit seinem Stethoskop ab. Er nickt, klappt sein Gerät mit einem raschen Ruck zusammen und schiebt es in die Tasche. Das Exekutionskommando schultert seine Gewehre, macht eine Kehrtwendung und marschiert ab.

Die Gefangenen, die alles von ihrem Kellerfenster aus beobachten konnten, wenden sich stumm ab und setzen sich wieder auf ihre Plätze.

„So sieht also das Ende aus!“ denkt Moritz und birgt seinen Kopf im Arme des Kaffeesieders, der ihm begütigend auf den Rücken klopft.

***

Oberst Johann Jakob von Wallersleben hat die Nase voll. Seit dem Beginn der Unruhen ist er dabei, seine Truppen gegen Nationalgarde, Studenten oder Arbeiter zu führen. Er hat an der Tabakfabrik, an den Linienwällen, in der Innenstadt gekämpft und das Blut unzähliger Menschen vergossen. Eigene Soldaten und Revolutionäre sind zu Tode gekommen. Schuldige und Unschuldige haben daran glauben müssen. Und nun ist er auch noch zum Vorsitzenden eines der unzähligen Standgerichte abkommandiert worden, muß der Reihe nach beurteilen, ob jener wohl eine führende Rolle gespielt habe oder ob er unschuldig sei. Hohe Kerkerstrafen und Todesurteile sind sein tägliches Brot geworden. Wobei er sich nicht sicher ist, ob ein rascher Tod nicht menschlicher ist als ein Dahinvegetieren in den bekannt grausamen Kerkern der Monarchie.

Sicherlich, er hat keine Skrupel gehabt, die Rädelsführer dieses Aufstandes ihrer gerechten Strafe zuzuführen. Ob es nun der Verräter Messenhauser gewesen ist, der linksradikale deutsche Abgeordnete Adolf Blum oder jener Hetzartikel verfassende Journalist Dr. Hermann Jellinek: Ohne mit einer Wimper zu zucken, hat er ihre Erschießung angeordnet.

„Aber irgendwann einmal muß doch Schluß sein mit dem Töten“, murmelt der Oberst leise vor sich hin und wendet sich an seinen Beisitzer, den Major der Grenadiere, Siegfried Hauch, der, wie er scherzhaft zu sagen pflegt, bei Linken und Demokraten zum Wirbelsturm werden kann.

Hauch, der als Ankläger fungiert, würde am liebsten alle Delinquenten an die Wand stellen, „um ein für allemal Ordnung zu schaffen!“

Wallersleben ist ebenfalls für Ordnung, allerdings nicht in diesem blutrünstigen Sinne, und wird dabei vom zweiten Beisitzer, dem Major Friedhelm von Sandner, unterstützt. Der hat schon manchem Vorgeführten das Leben gerettet, was dem Scharfmacher Hauch gar nicht ins Konzept paßt.

„Wen haben wir denn als Nächsten?“ seufzt von Wallersleben zu Hauch, der sofort eifrig im Aktenstoß neben sich zu blättern beginnt.

„Ottokar Sulzer, Journalist, also ein besonders radikales und aufrührerisches Subjekt. Verstoß gegen Punkt 7, Littera c und d der Proklamation des durchlauchtigsten Fürsten Windischgrätz vom 1. November 1848. Sehr gefährlicher Mann, wie ich den Akten entnehme."

„Also jetzt auf Deutsch, Herr Major. Was hat er ang'stelllt?" fragt unwillig der Oberst, dem das juristische Gebrabbel des Beisitzers langsam auf die Nerven geht.

„Der Mann ist im Roßstall des Allgemeinen Krankenhauses entdeckt worden, wie er mit zwei anderen ehrlosen Gesellen eine konspirative Sitzung abhielt, hatte eine Waffe in der Hand und hat sich seiner Festnahme widersetzt."

„Na also, warum nicht gleich. Also gut, vorführen!" meint er nur müde und unterdrückt ein Gähnen.

Wenig später steht Ottokar Sulzer, Berichterstatter des Wiener Tagblatt blaß aber hochaufgerichtet vor dem Tribunal. Den rechten Arm trägt er in der Schlinge, die Kugel, die der Gefreite Pichler auf ihn abgefeuert hat, steckt noch in seiner rechten Schulter und verursacht höllische Schmerzen. Der Gefängnisarzt, der ihn untersucht hat, ist der Ansicht, daß man sie auch später herausoperieren könne.

Falls er freikomme! „Und wenn nicht, dann ist es sowieso egal!" meinte er nur bösartig grinsend und verwies auf das Standgericht, das dem Journalisten nun drohe.

Als Sulzer knapp einen Meter vor dem Richtertisch stehenbleibt, hebt Wallersleben interessiert den Kopf: „Diese Visage hab' ich doch schon gesehen", überlegt der alte Soldat, der ein Gesicht nicht so leicht vergißt.

„Angeklagter", beginnt er ruhig, „Sie wissen, wessen Sie beschuldigt werden?"

Sulzer schüttelt den Kopf.

„Herr Beisitzer!" wendet sich der Oberst an Major

Hauch, der nun die Anklageschrift verliest, es sich aber nicht verkneifen kann, die „Greueltaten“ des Journalisten besonders üppig auszuschmücken.

Nachdem er geendet hat, schüttelt Sulzer abermals den Kopf, was den Major Hauch in Rage bringt.

„Was schütteln Sie hier ihren aufrührerischen Kopf, Sie Schmieranten-Subjekt. Bekennen Sie sich der Ihnen zur Last gelegten Schandtaten schuldig oder nicht? Sie, Sie . . .“

Der Oberst unterbricht ihn unwillig mit einer Handbewegung.

„Also, Herr Beisitzer, verlieren Sie hier nicht Ihre Beherrschung. Das ist ein ordentliches Militärgericht und keines vom Schlage des Banus Jellacic. Nun, Herr Angeklagter, was haben Sie zu sagen?“

Sulzer schildert wahrheitsgetreu den Vorgang im Stall des Krankenhauses, vergißt nicht zu erwähnen, daß sein Begleiter Moritz die Pistole vor dem Rasenden nur in Sicherheit gebracht hat.

„Und außerdem bin ich lediglich zusammen mit Herrn Moritz Michael Kuppelwieser im Sinne meiner journalistischen Pflicht und im Interesse einer wahrheitsgetreuen Berichterstattung den Leuten in den Hof des Krankenhauses gefolgt. Hier meine vom Gemeinderat der Stadt legitimierte Befugnis, mich auch an Orten, die normalen Zivilpersonen nicht zugänglich sind, bewegen zu dürfen.“

Damit langt er mit der Linken in seine Rocktasche und holt das Papier hervor.

„Warum haben S' das denn nicht dem Gefreiten, der Sie festnehmen wollt', gezeigt?“ fragt der Oberst.

„Das wollt' ich ja, nur der muß meinen Griff in den Rock falsch aufgefaßt haben und hat mir gleich eine Kugel verpaßt!“

„Das ist alles erstunken und erlogen“, ereifert sich nun Major Hauch, „jedenfalls widersprechen diese Aussagen ganz und gar der Aktenlage. Es handelt sich hier um das Wiederaufflackern des Aufstandes, das radikal“ — dabei schlägt er mit der Faust auf den Tisch — „radikal und endgültig unterbunden werden muß. Ich beantrage: Tod durch Erschießen!“

Sulzer erstarrt, und der Oberst blickt unbehaglich zu Boden. Erstmals meldet sich nun auch der zweite Beisitzer, Major Friedhelm von Sandner, zu Wort.

„Ihr Eifer, Herr Kollege“, und damit meint er Hauch, „die Stadt von allen Radikalen zu säubern in Ehren. Aber sollten wir nicht erst einmal prüfen, ob der Herr Redakteur vielleicht nicht doch die Wahrheit spricht? Was ist mit den beiden anderen Beteiligten, die ja auch dabei waren. Die könnten wir doch als Zeugen einvernehmen.“

„Das finde ich eine pure Zeitverschwendung“, widersetzt sich Hauch, aber der Oberst, froh darüber, nicht schon wieder ein Todesurteil aussprechen zu müssen, ist sofort dafür.

„Natürlich, also, wie heißen die beiden?“

Sulzer nennt die Namen.

„Also, Herr Beisitzer, schaun S’ nach, ob wir die beiden dahaben.“

Stirnrunzelnd kommt Hauch diesem Befehl nach und blättert in den zahlreichen handgeschriebenen Listen. Nach bangen Minuten, die Sulzer wie eine Ewigkeit vorkommen, blickt er auf und meldet, daß er beide gefunden habe und sie sogar hier in der Infanterie-Kaserne seien.

„Na also“, atmet von Wallersleben auf, „Gerichtsdiener, vorführen, beide, aber schnell!“ donnert er in Richtung des Infanteristen, der die Aufgabe hat, die

Gefangenen aus den dunklen Kerkern ans Tageslicht zu schaffen.

Sulzer atmet erleichtert auf. Denn nach dem Zwischenfall im Roßstall hat er nichts mehr von Moritz gehört.

„Nicht umzubringen, der Teufelsbraten“, murmelt er glücklich vor sich hin.

Der Infanterist kommt zurück, knallt mit den Hakken und meldet, daß die beiden Inhaftierten vorgeführt seien.

„Also, bringen S' erst den Buben herein!“ brummt der Oberst, der sich schon nach einer guten Pfeife Tabak und seinem Bett sehnt.

Verwirrt und unsicher, mit stockendem Schritt betritt Moritz den Raum, denn er ist sich gewiß, daß jetzt seine letzte Stunde geschlagen hat. Doch als sich Sulzer zur Türe dreht, strahlt Moritz auf.

„Nein, so eine Freude, Sie leben noch. Also ich hab' keinen Kreuzer mehr für Ihr Leben gegeben. Und stellen Sie sich vor, der Herr Niebauer ist auch am Leben!“

Sulzer blickt überrascht auf, doch bevor er sich noch nach den wahren Umständen erkundigen kann, schallt ein donnerndes „Ruhe, verdammt nochmal“ von Major Hauch in den Saal.

Der Vorsitzende, den die Wiedersehensfreude der beiden gerührt hat, erinnert sich an seine traurige Aufgabe.

„Wie lautet denn die Anklage gegen den jungen Mann?“, und damit deutet er auf Moritz.

Hauch verliest die Anklage, die die gleichen Delikte vorbringt, die man Sulzer vorgeworfen hat. „Nun, was haben Sie dazu zu sagen?“ fragt Hauch süffisant Moritz.

Dieser schildert den Vorfall nun genauso wie Sulzer, wobei dem Vorsitzenden nicht entgeht, daß der Knabe wahrheitsgemäß berichtet, daß er die Pistole in der Hand gehabt hat, als sie von den Soldaten überrascht worden sind.

„Typisch abgesprochen, das kennt man ja bei diesen Subjekten“, erklärt Hauch hochrot im Gesicht.

Von Sandner schaltet sich neuerlich ein: „Das muß aber Gedankenübertragung gewesen sein, Herr Kollege. Denn einwandfrei ist doch erwiesen, daß sich die beiden seit dem Vorfall nicht mehr gesehen haben. Der Angeklagte Kuppelwieser wurde in bewußtlosem Zustand in die Infanteriekaserne eingeliefert, Sulzer war seither im Inquisitenspital. Wann hätten sich die beiden absprechen können?“

Die Gesichtsfarbe des Majors Hauch wechselt ins Bläuliche. „Also, also ... das ist ja, also ... auf welcher Seite stehen Sie eigentlich?“ brüllt er.

Der Oberst stoppt ihn. „Wir sind hier, um Gerechtigkeit zu üben und nicht die Leute zu Tode zu bringen, Herr Major. Aber wir haben ja noch einen Beteiligten. Bringen S' den Wolf herein!“

Der Medizinstudent Kaspar Wolf betritt ruhig und gefaßt den Verhandlungsraum. Sein blutverkrusteter Kopfverband ist durch einen frischen, blütenweißen ersetzt worden. Seit seiner Verhaftung hat er viel nachgedacht und ist zu dem Entschluß gekommen, den Gedanken an Revolution als aussichtslos aufzugeben. Für ihn zählt jetzt nur mehr die Wahrheit, und wenn es dazu kommen soll, ehrenvoll zu sterben.

Ankläger Major Hauch blättert in seinem Akt, pfeift nur vielsagend durch die Zähne und will bereits mit der Anklageverlesung beginnen. Doch der Oberst unterbricht ihn.

„Halt, halt, Herr Major. Den Fall des Angeklagten Wolf werden wir ein anderes Mal verhandeln, jetzt geht es nur um eine Zeugenaussage über die Vorfälle im Allgemeinen Krankenhaus. Was ist also damals passiert, Herr Zeuge?"

Mit fester Stimme schildert Wolf, wie er ins Krankenhaus gekommen ist, wie er aus dem Berg Leichen in den Stall geflüchtet ist, wie er dann den ihm bekannten Sulzer gesehen hat und warum es zum Kampf gekommen ist.

„Jawohl, ich kann bezeugen, daß die Pistole, die Moritz in den Händen hielt, mir gehört hat und daß Herr Sulzer mich davon abgehalten hat, rauszustürmen und auf die Soldaten zu schießen. Ich war damals wie von Sinnen, aber ich bereue nichts."

Oberst von Wallersleben atmet unhörbar auf.

„Na also, haben wir das auch. Ihre Anträge, meine Herren?"

Von Sandner zögert keinen Augenblick. „Einstellung des Verfahrens und Freispruch!"

Der Ankläger Major Hauch will noch nicht aufgeben, nur der Oberst steigt ihm unter dem Tisch mit seinen schweren Reiterstiefeln auf die Zehen.

„Auu . . . augenscheinlich bleibt mir nichts anderes übrig, als denselben Antrag zu stellen."

„Sehr gut, meine Herren!"

Zu Wolf sagt er nur knapp: „Sie sind als Zeuge entlassen, Ihren Fall werden wir morgen verhandeln. Abführen!"

Dann erhebt er sich erleichtert.

„Ich komme zum Spruch des außerordentlichen Militärgerichts seiner Durchlaucht des Fürsten Windischgrätz: Ottokar Sulzer, Redakteur des Wiener Tagblatt, und Moritz Michael Kuppelwieser, Redaktionsbote ebendort, werden von der Anklage, gegen den Punkt . . . eh schon wissen . . . freigesprochen. Gegeben zu Wien am 9. November 1848 . . . meine Herren, Sie können gehen!"

Damit klappt er seinen Aktendeckel zu, schnallt seinen Säbel um und setzt die Kappe auf.

Major Hauch kritzelt noch mißmutig an der Ausfertigung des Urteils herum und schwört sich, daß er bei den nächsten Verhandlungen nicht so schnell klein beigeben werde.

Als die beiden Unzertrennlichen am Gang der Kaserne stehen, fallen sie einander in die Arme. Sulzer jammert dabei laut, weil der Knabe auf seine Verwundung vergessen hat und ihn drückt, als wolle er ihn ausquetschen.

„Also", schmunzelt er, „wenn du mich so weiterdrückst, dann bringt mich die Kugel doch noch um. Aber weißt eh', jetzt bist du dran mit dem Schreiben!"

„Herr Sulzer, was soll das heißen?" fragt Moritz ungläubig.

„Schau mich doch an", und damit deutet der Journalist auf seinen rechten Arm, den er in der Schlinge trägt. „Wie soll ich denn mit dem Arm eine Zeile schreiben. Ich ernenn' dich zu meinem Redaktionsaspiranten und werde dir in der ersten Zeit immer über die Schulter schauen, damit du keinen Unsinn schreibst!"

„Nein, Sie machen mich zum glücklichsten Menschen auf der Welt. Ich und Aspirant. Das muß ich der Kathi sagen!" ruft Moritz aus.

Und wie aufs Stichwort steht, als sie um eine Ecke kommen, das Mädchen vor ihnen. An seiner Seite, etwas gebückt und verknittert der Kaffeesieder Johann

Nepomuk Niebauer, vor kurzem noch Mithäftling von Moritz.

„Kathi!"

„Moritz!"

Und schon liegen sich die beiden jungen Menschen in den Armen, und dicke Freudentränen kullern dem Mädchen über die Wangen.

„Von wo kommen denn Sie her?" fragt Sulzer den Kaffeesieder erstaunt. Niebauer erzählt seine Odyssee von der Barrikade bis zum Standgericht, wobei er das unheimliche Glück gehabt hat, daß der Vorsitzende ein alter Stammgast von ihm gewesen ist. Der habe selbst den Zeugen gemacht und bestätigt, daß der Kaffeehausbesitzer immer treu und loyal gegenüber dem Kaiserhaus gewesen sei.

„Da weiß er aber mehr als ich", zwinkert der rundliche Cafétier dem Journalisten zu, „aber wahrscheinlich will er in Zukunft nicht auf sein gutes Schalerl Melange verzichten."

„Genausowenig wie ich, Herr Niebauer. Drum schnell weg von da, denn Ihr Lokal muß von Grund auf renoviert werden. Und ich hab' schon lang genug keinen ordentlichen Kaffee mehr gehabt."

Namensregister
*Mit * bezeichnete Personen sind frei erfunden.*

Auersperg, Karl von, Student *
Auersperg, Anton Alexander Graf, Oberkommandierender der Armee in Wien
Battisti, Arturo, Leutnant *
Bechheim, Adolph, Buchhändler *
Bem, Jozef, General
Blum, Robert, Abgeordneter
Bolvary, Lajos von, Student *
Boromäus, Karl, Student *
Braumüller, Gustav, Fleischhauer *
Buchheim, Adolf, Student
Carl, Karl, Theaterdirektor
Cordon, Baron Erwin, Generalmajor
Cornelius, Carl Ludwig, Student *
Danhauser, Josef, Kunstmaler
Danhäuser, Josef, Student *
Eitler, Rudolf, Hauptredakteur *
Engels, Friedrich, Schriftsteller
Fenneberg, Daniel Fenner von, Kommandant-Stv. d. Nationalgarde
Ferdinand I., Kaiser von Österreich
Fiequelmont, Minister des Äußeren
Fischhof, Adolf Dr., Sekundararzt
Frankl, Ludwig August, Dichter
Funder, Hans Georg, Hauptredakteur Wiener Tagblatt *
Gaul, Franz, Student *
Geier, Hermann, Journalist *
Gestieticz, Johann Talatzko Freiherr von, K.K. NÖ Regierungspräsident
Grillparzer, Franz, Dichter und Journalist

Habsburg-Lothringen, Albrecht von, Erzherzog
Häfner, Ludwig, Herausgeber
Hauch, Siegfried, Major *
Hauk, Ludwig, Journalist
Herzog, Katharina, Schauspielerin
Holzbach, Josef von, Oberst *
Holzbauer, Wilhelm, Gardist *
Inzaghi, Carl Graf von, Oberster Kanzler
Jellacic, Joseph Graf, Banus von Kroatien
Jellinek, Dr. Hermann, Journalist
Johann, Erzherzog
Kossuth, Lajos, Rechtsanwalt
Kudlich, Hans, Abgeordneter
Kugler, Hans, Grenadier *
Kuppelwieser, Moritz Michael, Redaktionsbote *
Lamberg, Franz Philip Graf von, Feldmarschall
Lang, Jean Baptist, Schauspieler
Latour, Theodor Graf Baillet von, Kriegsminister
Lauterbach, Ignaz, Journalist *
Mahler, Franz, Redakteur
Maier, Xaver, Vorarbeiter *
Messenhauser, Wenzel Cäsar, Kommandant der Nationalgarde
Metternich, Clemens Fürst, Staatskanzler
Moritz, Heinrich, Schauspieler
Müller, Dr. Alfred, Hauptredakteur *
Müller, Friedl, Arbeiterkind *
Nestroy, Johann Nepomuk, Dichter und Schauspieler
Niebauer, Johann Nepomuk, Kaffeehausbesitzer *
Niebauer, Katharina, Tochter des Kaffeehausbesitzers
Pannasch, Oskar, Oberkommandant der Nationalgarde
Philippe Louis, Kaiser

Pichler, Fridolin, Gefreiter *
Pillersdorf, Franz Freiherr von
Pranter, Carl, Gemeinderat *
Puntigam, Martin Bartholomäus, Bierversilberer *
Richter, Karl, Leutnant *
Sander, Friedrich, Schuhmachergeselle
Sandner, Friedhelm von, Major *
Schmidt Demmer, Jeanette, Schauspielerin
Schoeller, Johann Christian, Theatermaler
Scholz, Wenzel, Schauspieler
Schweiger, Hubertus, Bäckergeselle *
Siebenthaller, Friedrich, Journalist
Sophie von Bayern, Erzherzogin
Sternberg, Ernst von, Reichstagsabgeordneter *
Sulzer, Ottokar, Berichterstatter Wiener Tagblatt *
Szecheney, Stefan Graf
Taaffe, Ludwig Graf von, Justizminister
Testi, Fabricio, Sergeant *
Todt, Franz Xaver, Schneidermeister *
Wagner, Johann, Maurer *
Waldmüller, Friedrich Georg, Kunstmaler
Wallersleben, Johann Jakob von, Oberst der Husaren *
Weingarten, Josef Freiherr von, Hofkanzler
Weiser, Fridolin, Klaviermacher *
Wiesler, Christoph Martin, Herausgeber
Windischgrätz, Alfred Fürst, Feldmarschall
Wolf, Kaspar, Student, Mitglied d. Schwarzen Hand *
Zwettlinger, Anton, Seidenfabrikant *

Literatur- und Quellennachweis

Bachmaier/Stängle: Johann Nepomuk Nestroy
Andreas & Andreas, Salzburg

Craig A. Gordon: Geschichte Europas
Verlag C. H. Beck, München

Durdik/Mudra: Alte Handfeuerwaffen
Verlag Dausien, Hanau

Düriegl Günter: Wien auf alten Photographien
Jugend und Volk, Wien-München

Gottberg Hans v.: Männer, Waffen, Strategien
Ennslin und Laiblin Verlag, Reutlingen

Kleindl Walter: Die Chronik Österreichs
Chronik Verlag, Dortmund

Steiner Herbert: Karl Marx in Wien
Europaverlag, Wien-München-Zürich

Sturminger Alfred: 3000 Jahre politische Propaganda,
Verlag Herold, Wien

Thomas Hugh: Geschichte der Welt
Deutsche Verlagsanstalt, Stuttgart

Vajda Stephan: Felix Austria
Ueberreuter, Wien

Stadtchronik Wien
Verlag Christian Brandstätter, Wien-München